金閣寺は燃えているか？

鯨　統一郎

抜けるとバーだった。

大学教授の曽根原は、ふと気づくとバー〈スリーバレー〉に足が向いている。女性バーテンダー・ミサキの魅力なのか、文学談義のせいなのかは判らない。ある晩、まだ客の少ない時間にミサキが繰り出した質問は、川端康成の『雪国』についてだった。登場人物の行動から『雪国』はミステリではないか、というミサキの疑問に、途中からまたしても入店してきた宮田が、珍妙な説を披露し始めて……。『雪国』に加え、田山花袋『蒲団』、梶井基次郎『檸檬』、三島由紀夫『金閣寺』と、日本文学界の名作の新解釈で贈る、鯨統一郎最新作。文庫書き下ろし。

金閣寺は燃えているか？

文豪たちの怪しい宴

鯨　統一郎

創元推理文庫

MYSTERIOUS FEAST OF GREAT WRITERS VOL. II

by

Toichiro Kujira

2021

目次

作品内で次の六作品のあらすじを紹介しています。未読のかたはご注意ください。

川端康成『雪国』
田山花袋『蒲団』
梶井基次郎『檸檬』『桜の樹の下には』
三島由紀夫『金閣寺』
芥川龍之介『地獄変』

金閣寺は燃えているか？

文豪たちの怪しい宴

僕の筆は自分ばかりでなく他人の運命までも支配する魔力を持っている

川端康成『処女作の祟り』より

第一話　川端康成　～雪国にかける橋～

文京区の長い路地を抜けるとバーだった。

（どうして私はこの店にいるのだ？）

曽根原尚貴は訝った。

曽根原尚貴は五十三歳。帝王大学文学部の教授にして日本文学研究界の重鎮である。身長は高い方だろう。体つきは、がっしりとしている。四角張った顔に太い眉と夏目漱石ばりの口髭を生やしていて目はやや細いが眼光は鋭い。

その曽根原が雑居ビルの地下にあるバー〈スリーバレー〉にいる。

この店を目指して歩いてきたわけではない。シンポジウムが終わって会場となった会館で催された軽い打ちあげを早めに切りあげ家でノンビリと晩酌でもしようかと思って駅に向かって歩いていたのだ。それがいつの間にかこの店のドアを開けていた……。

「いらっしゃいませ」

若い女性バーテンダーが声をかけてくる。

ポニーテールの女性バーテンダーはニコッと笑みを浮かべる。卵形の顔につぶらな瞳……。かなりの美人で、この女性バーテンダー目当てに通ってくる客も多いだろうと思わせる。

（と言っても本来のバーテンダーが何らかの事情で店を休んでいて、その間のピンチヒッターという事だったが……）

かなり長い間ピンチヒッターを務めているようだ。本来の仕事は大丈夫なのだろうかと曽根原は余計な心配をしたくなる。

名前はミサキ。と言っても曽根原には、それが岬などの名字なのか美咲などの下の名前なのかは判らない。初めてこの店に来たときに「ミサキと言います」と自己紹介されて、さして興味もなかったので確認しなかったのだ。

それが……。

（もう何度もこの店に足を運んでいる。正確には何度目になるだろう？）

曽根原が記憶を辿ろうとしたときミサキが「五度目のご来店ですね」と先手を打った。

（この女性バーテンダーは勘がいい）

常々感じていたことだが曽根原は、あらためてそう思った。曽根原の頭に浮かんだ疑問を察知して言葉を放ってくる。

「五度目か」

勘だけでなく記憶力もいい。

「はい。その度に有意義な文学のお話を聞かせていただきました」

そうなのだ。

今夜もまた、そんな文学談義をしたくて自然にこの店に足が向いてしまったのかもしれない。

「今日は何を？」

今日は何の文学談義をするか……。この店に来たら必ず文学談義をすると決めているわけではない。

「今日は寒いから熱燗などは、いかがでしょう？」

酒の注文の事だったのか。

曽根原は自分の勘違いを悟られないように、さりげないふうを装って「熱燗か。いいね」と応えた。

「よかった」

ミサキはニコッと笑う。

「今日は寒くて、まるで雪国みたいですもんね」

雪国か……。

「ちょうど今日のシンポジウムのテーマが『雪国』だった」

「え、そうなんですか？」

ミサキの顔がパッと輝いた。やはり今日も文学談義が始まるのか？

「なんだか嬉しい。あたしが偶然発した〝雪国〟って言葉に符合しているみたいで」

喜んでいるミサキを見て曽根原は〝こちらまで嬉しくなってくる〟と思った。

(だが、このバーテンダーの言葉や反応は鵜呑みにはできない)

そう警戒することも怠ってはいない。過去四度の訪問でミサキが銀座のナンバーワンホステス並みの手練手管を使っているのではないかという疑問も胸に兆しているのだ。

(なにしろ勘がいい女性だ。今夜のシンポジウムのテーマが『雪国』だという事をすでに知った上での受け答えかもしれない)

最寄りの駅にはシンポジウムのポスターが貼ってあるからミサキがそのポスターを見た可能性もあるわけだ。

(それでもいい)

曽根原は今宵はミサキの笑顔に身を委ねようと思った。

「『雪国』は?」

「もちろん読みました」

みなまで言わずに発したこちらの質問の意味を過たずに即座に理解して回答する勘の良さは相変わらずだ。

(もっとも私もそれを見越しての質問だったわけだが)

曽根原はささやかな満足を覚えながらミサキの次の言葉を待つ。

「映画も観ました」

「誰の？」

「岩下志麻です」

一九六五年（昭和四十年）公開。島村を木村功、駒子を岩下志麻、葉子を加賀まりこが演じている。

「新しい方か」

「その前にもあるんですか？」

「一九五七年（昭和三十二年）公開の映画がある。島村を池部良、駒子を岸惠子、葉子を八千草薫が演じている」

「そうだったんですか。先生は映画にもお詳しいんですね」

「そういうわけではない。『雪国』だから、たまたまね」

「ご謙遜を」

バレたか。

「川端も映画が好きで造詣も深かった」

「そうなんですか？」

「ああ。二十七歳の時には映画黎明期の傑作と評価の高い衣笠貞之助監督の『狂った一頁』のシナリオを書いているぐらいだ」

ミサキは深く頷くと「あたしは映画も好きです。ただの薄っぺらいフィルムにリアルが投影されて、それが物語を紡ぐなんてロマンを感じます」と続けた。

今はフィルム撮影された映画よりもデジタル撮影されたデジタル映画が圧倒的に主流になっているようだ。そのことを曽根原が指摘する前にミサキが「『雪国』って見事な叙情小説ですよね」と言葉を継いだ。

叙情とは読んで字の如く情を叙べることだ。つまり心情を叙述すること。

対義語は叙事。こちらは事を叙べること。すなわち事実を叙述すること。

「伊藤整は『雪国』の事を心理小説と分類しているがミサキ君が叙情小説だと感じた通り『雪国』は登場人物の心情が見事に表現されているから叙情小説に分類するのが妥当だろう」

「よかった。合ってたんですね」

ミサキがホッとした声を発する。

曽根原の脳裏に『雪国』の淡い色の世界が再び甦る。

「〈雪の茅舎〉です」

ミサキが徳利と猪口（ちょこ）を出す。

「ユキノボーシャ？」

「秋田の蔵元、齋彌（さいや）酒造店が誇る山廃純米酒です。冷やだと飲んだ後に辛みが少し残ってそれがいいんですけど熱燗でまろやかにするのも一興かなと思いまして」

曽根原は一口飲んでみる。

「いいね。辛みというより甘酸っぱさが心地いい」

ミサキがニコッと笑った。

「『雪国』といえば、あたし前から疑問に思っていた事があるんです」

この言葉だ。ミサキのこの言葉から文学談義は始まる。

(今夜も私はどこかでこの言葉を待っていたのかもしれない)

曽根原はそう思った。ミサキとの文学談義が楽しい。

(あの男さえ来なければ……)

曽根原の顔が一瞬、険しくなる。

「冒頭の言葉って何て読むんですか?」

「え?」

文学談義は始まっていた。

「『雪国』のいちばん最初の言葉です」

「ふむ」

「《国境の長いトンネルを抜けると雪国であった》。今まで何の疑問もなく〝コッキョウ〟って発音してましたけど考えてみると日本の陸地に国境ってないですよね」

「なるほど」

「だから本当は〝クニザカイ〟って読むのかな？　って、ちょっと思ったんです。〝越後と上州のコッキョウ〟って発音するよりも〝越後と上州のクニザカイ〟って発音する方がしっくり来るような気がして」

「正解だ」

「え、そうなんですか？」

　このバーテンダー、やはり鋭い。曽根原はあらためてそう思った。

（しかも『雪国』を読んでいるとは感心だ。ミサキ嬢が読書家である事はすでに知っているが）

　ミサキは日本文学の名作群をよく読んでいるのだ。

「川端康成が書いた原稿の〝国境〟にルビは振られていない。だからどう読むかは判らない。だが常識的に考えれば君が言ったように日本の陸地に他国との国境線は存在しないのだから〝クニザカイ〟と読むのが正解だろう。クニザカイもコッキョウも同じ意味だからどちらでもいいようなものの日本語として国内の境界線ならばクニザカイ、外国との境ならコッキョウと呼ぶ方が一般的だろう」

「嬉しい。あたしの疑問に答えていただいて。しかもあたしの考えにお墨付きまで」

「そんなたいそうな事ではない」

「でも日本文学の最高峰の曽根原先生にお墨付きをいただいたんですから嬉しいです」

あからさまなお世辞でも悪い気はしない。

(そのことも計算済みか?)

とにかくミサキは油断がならないと曽根原は思っている。

「じゃあ朗読するときは〝クニザカイ〟って読んだ方がいいんですね」

そう言うとミサキは〝クニザカイの長いトンネルを抜けると雪国であった〟と冒頭の一節を暗誦した。

「不思議ですね。今まで〝コッキョウ〟としか読んでなくて違和感も感じなかったのに〝クニザカイ〟と読んでもしっくりきます。むしろ〝クニザカイ〟の方がしっくりくるくらい」

「そうだろう」

「これからクニザカイと読みます」

「〝コッキョウ〟でいい」

「え?」

「その読み方が人口に膾炙(かいしゃ)している。もう修正の利かないほどにね」

「長いものには巻かれろと?」

「そうは言っていない。ただ川端康成がルビを振っていない以上〝コッキョウ〟という読み方も否定できないと考えているだけだ」

「さすがです」

ミサキが曽根原を見つめて言う。

「さすがとは？」

「考え方が論理的で実証的です。尊敬します」

今日はいつになく褒めすぎてないか？

（すでに酔っているのだろうか？）

ミサキが営業中に自分でも飲む事を曽根原は知っている。

「曽根原先生に訊いてみようかしら」

「何を？」

「『雪国』に関する疑問です」

「いま答えたはずだが……」

「ありがとうございます。長年の疑問が腑に落ちました。それとは別に」

「まだあるのかね？」

「はい」

ミサキは一拍置くと曽根原に小皿に載せた菓子を出した。

「これは？」

「五家宝です」

「ゴカボウ……」

「埼玉のお菓子です。餅米を軽いあられにして黄粉の甘い生地で包んでいます。川端康成が好きだったんですよ」

「そうなのか」

曽根原は五家宝を摘んで口に入れた。

「柔らかくておいしい」

曽根原は五家宝を一つ食べ終えると「それで」と話を戻す。

「『雪国』の、もう一つの疑問というのは？」

「葉子は死んだんですか？」

葉子は『雪国』の主要登場人物の一人だ。主人公である中年男性、島村が旅行先の雪国で駒子という芸者といい仲になる。その駒子の知りあいの若い女性が葉子である。

「死んでないと思っているのかね？」

「だって、死んだっていう文章はないですよね？」

『雪国』のあらすじは次の通り。

親の遺産で暮らしている妻子持ちの中年男性、島村は雪国の温泉町を訪れ、地元の芸者、駒子といい仲になる。駒子は許嫁(いいなずけ)である行男の療養費を作るために芸者になったという女だ。

一方、島村は駒子の友人の葉子にも惹かれ始める。

駒子と出会って三度目の冬、町の繭倉で火事が起き葉子が二階から落下する。

二階から落ちて意識を失った葉子の描写で『雪国』は終わる。

「たしかに〝死んだ〟という直截の文章はないが死んだと考えるのが妥当だろう。二階から落ちて意識を失ったのだから」

「だったらどうして〝死んだ〟って書かなかったんですか?」

「それを書いたら野暮というものだ」

「野暮?」

「美を追究するのが芸術だ。私はそう思っている」

「素晴らしい……」

「え?」

ミサキは惚(ほう)けたように曽根原を見つめている。

「素晴らしいとは?」

「芸術の定義です」

ミサキは自分でも猪口の酒を一口飲む。

「あたし今までいろんな芸術の定義を読んだんですけど曽根原先生の今の定義がいちばんしっくりきました」

「そうかね?」

「はい。しかも簡潔です。一言で本質を言い表しています。まるで川端康成の『掌の小説』みたい」

『掌の小説』とは川端康成が書いた掌編小説を集めた一冊である。

「うれしい事を言ってくれる」

「本心です」

手練手管を弄すると思われるミサキだが、これは本心だろう。曽根原はなぜかそう確信した。

「その定義に則って考えれば……。たしかにすべてを書いてしまっては野暮。葉子が死んだこと、納得です」

曽根原は深く頷いた。

「その方が芸術作品として美しいですもんね」

一筋縄ではいかないと思われるミサキだが真実だと納得した事は、躊躇(ためら)いなく受けいれる素直さも持ちあわせている。曽根原はミサキの事をそう見ている。

「疑問は解消したかね？」

「解消しました。ありがとうございます」

ミサキは頭を下げた。

「自殺だったのかしら？」

頭を上げるとミサキは新たな疑問を口にした。

「え？」

「葉子です。二階から落下して死んだ事は判りましたけど、なぜ落下したのかは判りません」

その日、繭倉で映画の上映があり、そのフィルムに火が点いて燃え広がった。

『雪国』には次のように描写されている。

――ポンプが一台斜めに弓形（ゆみなり）の水を立てていたが、その前にふっと女の体が浮んだ。そういう落ち方だった。

曽根原は『雪国』の該当部分を頭の中に呼びだす。

「自殺だと考えているのかね？」

「いいえ。自殺にしては〝飛び降りた〟とは書いていませんから」

「じゃあ事故だと？」

「火事から逃れるために飛び降りたけど不幸にも亡くなってしまった」

「普通に読めばそうなる」

「ですよね。でも……」

「何か疑問が？」

「落ちかたです」

「落ちかた……」

「『雪国』には《女の体は空中で水平だった》って書かれています。火事から逃れるために飛び降りたときの体勢ではありません」

飛び降りたのなら足が下に向いているはずだ。

「たしかにそうだ」

曾根原は頷く。

「では自殺だと言いたいんだね？」

「自殺にしても変だと思うんです」

「どこが？」

「偶然、火事が起きたときに、いきなり自殺を企てるなんて展開が急すぎます」

「偶然ではなかったら？」

「自殺をするために火を点けたと言うんですか？」

「そうだ」

「それなら飛び降りた行為と矛盾します」

「焼身自殺をするつもりだったが、いざ火を点けてみたらその熱さに耐えきれなくなって飛び降りたと解釈する事もできる」

「現実にそういう事態に陥ったら、それもありうるんでしょうけど、これは小説です。川端がそんなことを書くでしょうか。それこそ美しくありません」

曽根原は〈雪の茅舎〉を味わうかのようにミサキの言葉を味わっている。

「決定的なのは葉子は落下する時にはすでに気を失っています」

——一目で失心していると分った。

曽根原は頷くと「では何だというのかね？」と訊いた。

「他殺です」

「他殺？」

曽根原は頓狂な声をあげてしまった。

「そんなにおかしいですか？」

「おかしい」

「たしかに奇異な意見ですよね」

「そんな意見は聞いた事がない」

「あたしも読んだ事はありません」

「君は『雪国』は見事な叙情小説だと言っていたが」

「はい。言いました。そう思っていますから。同時にミステリでもあるんじゃないかって思ってるんです」

「なるほど。殺人事件を扱っていても登場人物たちの心情がよく表現されていれば叙情小説でもあると」

「そーゆー事です」

「たしかに『雪国』は登場人物たちの心情が見事に表現されているから叙情小説ではある。その上で君は葉子の落下の仕方から他殺を扱った小説、すなわちミステリでもあると考えるんだね？」

「はい。水平に落下するなんて事故や自殺ではありえないと思うんです。すでに死んでいる状態の葉子を誰かが抱えて放り投げたときにだけ水平に落ちる……。そう思いませんか？」

「なるほど」

曽根原が猪口の酒を飲みほす。ミサキがすかさず注ぎたす。

「言われてみればその通りだ」

「ホントですか？」

ミサキの顔が輝く。

「じゃあ先生も他殺だと」

「そんなわけはない」

「でも、あたしの意見に納得してくれたじゃないですか」

「そこまで考えた事は大したものだと思ったまでだ。感心もしたよ」

「だったら」

「だが他殺など戯(たわ)けた意見だ」

「どうして……」

ドアが開いた。

曽根原が振りむくと二十代後半と思しき男性が入ってくるところだ。

「宮田(みやた)さん」

ミサキが華やいだ声で呼びかける。少し悔しい。

「今日は『雪国』談義ですか」

スツールに坐るなり宮田が言った。

「すごい。どうして判ったんですか？」

「〈雪の茅舎〉を飲んでいるよね」

カウンターの内側の台に〈雪の茅舎〉の一升瓶が置かれている。

「それに五家宝。五家宝は川端康成の好物だったはずだ」

「よく知ってますね」

「たまたまね。曽根原先生に〈雪の茅舎〉と五家宝を出しているとなると『雪国』かなと」

「さすがですね」

ミサキが〈雪の茅舎〉を宮田に差しだしながら「『雪国』は名作ですよね」と宮田を話に巻きこみにかかる。

「あ、宮田さんは『雪国』は読んでますよね？」

「もちろん読んでる」

「よかった。だったら、あたしの考えを判ってもらえると思うんですけど」

「君の考え？」

「はい。あたしは『雪国』は見事な叙情小説であると同時にミステリ小説でもあると思ってるんです」

「『雪国』が？」

「はい。意外でしょう？」

「意外だな」

ミサキは少し得意げに胸を張った。

「あたし葉子は殺されたんじゃないかって思ってるんです」

曽根原は〈雪の茅舎〉を飲みながら〝私に相手にされないから宮田に救いを求めたか〟と考えていた。

「そんなわけないだろう」

「え？」

宮田に一蹴された事が意外だったのかミサキは驚いた声をあげる。

「そりゃあ突飛な説に聞こえるでしょうけど」

「葉子が他殺だとしたら犯人は誰なんだい？」

「もちろん島村ですよ」

「動機は？」

「三角関係の縺(もつ)れです」

島村を挟んで駒子と葉子という二人の女性がいた。

「もちろん島村には奥さんもいます。葉子は邪魔な存在です」

「駒子の方が邪魔だろう」

駒子は島村の愛人だった。

「もしかしたら犯人は駒子かもしれませんね。三角関係のライバルである葉子を殺した」

「葉子の死が他殺のわけがない」

「どうしてですか?」

　ミサキが頬を膨らませて宮田を睨む。

(かわいい)

　曽根原はそう感じている自分に慌てた。

「容疑者には全員、アリバイがあるよ」

「容疑者……」

「主要登場人物は島村、駒子、葉子、それに駒子の元許嫁と言われている行男の四人しかいない」

「ですね」

「行男は葉子が死んだときには、すでに亡くなっているから除外していい」

「はい」

「被害者が葉子なら犯人は島村と駒子のどちらかになる。だけど二人とも葉子が二階から落下するところを少し離れた場所で見ている」

――「ああっ。」

駒子が鋭く叫んで両の眼をおさえた。島村は瞬きもせずに見ていた。

「それはそうですけど……。何らかのトリックを使ったとか……」

宮田が微かに笑った。ミサキはまた頰を膨らませる。

（あまりにも可愛すぎる……。もしかしたらこれも演技か？）

曽根原は一瞬、疑心暗鬼に囚われた。

「どんなトリック？」

「ポンプです」

「ポンプ？」

曽根原が訊き返した。

「火事の現場に出てきますよね？　火を消すためにポンプで放水します」

「ポンプでどうやって殺人？」

「梃子（てこ）の原理を利用して放り投げるとか……」

図らずも宮田と曽根原が同時に苦笑した。

「いくら梃子の原理を利用してもポンプじゃ人間を放り投げられないだろう。それにポンプを二階まで上げるのも大変だし島村にしろ駒子にしろ現場にはいないんだから共犯者がいるか、もしくは何らかの細工をして葉子を二階から放り投げなければいけないけど……。

共犯者になりそうな登場人物はいないし、そんな細工はさらに難しい。現実的じゃないよ」

宮田がミサキの説を一瞬で粉砕した。

曽根原はミサキを観察する。少しかわいそうになったからだ。だがミサキは案外ケロッとした顔をしている。

「言われてみればその通りですね」

納得してくれたか。

「でも」

ミサキが右手の人差し指を立てて右頰に当てた。

「他殺じゃないとしたら自殺か事故ですよね？」

曽根原も宮田も答えない。

「だったらどうして葉子は水平に落ちたんですか？」

ミサキは宮田に〈雪の茅舎〉を差しだす。

「おかしいですよ。自殺にしろ事故にしろ葉子は落下している時にはすでに死んでるんです。誰かがすでに死んでいる葉子を抱えて二階から放り投げない限り水平に落ちる事はないですよ」

ミサキは「どうです？」と答えを促すように曽根原を見る。

「葉子の死に意味はない」

曽根原が口を開いた。

「え？」

ミサキは目を丸くする。

「意味はないって」

ミサキは救いを求めるように宮田に視線を移した。

「意味がない事はないでしょう」

「ですよね⁉」

ミサキの顔が輝く。

（しまった）

こちらに傾いていたミサキ嬢の共感が宮田という唐変木に傾いてしまった感じだ。

（だが仕方がない。間違いは正さなければならない）

それがひいては私と唐変木とのレベルの違いを知らしめる事にもなると曽根原は自分を納得させる。

「どういう事なんですか？　葉子の死に意味はないって」

「僕も聞きたいですね」

これではミサキと宮田が連合軍のようになっているではないか。それを粉砕するためにも正しい見解を述べる必要がある。

「川端康成は物語を終わらせるために葉子の死を描いた」

「終わらせるためって……」

ミサキがキョトンとした顔で呟く。

「物語はどこかで終わらせなければならない。だからラストシーンを演出するために火事を起こして区切りをつけるために葉子を死なせた。自殺だろうが事故だろうが他殺だろうが細かい設定は検証しても意味がない。死んだ事が重要なのだ。そういう意味で〝意味はない〟と言ったのだ」

宮田は頷いた。

「無責任です」

「え、私が？」

曽根原が訊き返すとミサキは「川端です」と言って猪口を呷った。

「だってそうでしょう？　葉子は重要人物です。その死は大事です。それをいい加減な描写で済ませるなんて」

「だが、そういうものなのだ」

曽根原は猪口を呷る。

「君たちがまだ読んでいないといけないから作品名は伏せるが谷崎潤一郎や島崎藤村、樋口一葉なども登場人物の死を以（もっ）て作品を終わらせている」

「当時はそういうのが多かったのかしら」

「宮沢賢治や泉鏡花、有島武郎……みな登場人物の死を以て作品を終わらせている」

「あ」

ミサキが声をあげた。

「どうした？」

「そういえば夏目漱石のあの作品もそうですね」

「あの作品？」

「漱石の出世作にして一番有名な作品。最後は登場人物……と言っていいのかしら……語り手が水を溜めた甕（かめ）に落ちて死んで作品が終わっています」

「たしかにそうだ。終わってというか終わらせたと言った方が正しいだろう」

「そうかもしれませんね。でも」

ミサキは納得しかねているようだ。

「文学的にはそうなんでしょうけど……。なんだか、やっぱりいい加減なような気がします」

「それは読みが浅いのだ。実は」

曽根原は徳利に残っていた〈雪の茅舎〉をすべて猪口に注いだ。

「『雪国』が最初に出版された時には、まだ最後の火事の場面はなかった」

「え、そうなんですか?」

「ああ。あの場面は後からつけ足されたのだ」

「という事は……。最初に出版された時には川端はまだ作品が未完成のような気がしていたんでしょうね」

ミサキが言う。

「そういう事だ。だから火事すなわち島村の場面を挿入して作品を終わらせた。つまり、あの終わりかたは」

「いい加減じゃない」

宮田が口を挟む。

「そうだ」

宮田の発言を曽根原が肯(うけが)う。

(珍しい事だが仕方がない。この男が真実に気づいたのなら歓迎すべき事なのだから)

曽根原は自分の寛大さを褒めてあげたいと思った。

「宮田君が言うように『雪国』のラストシーンは、けっしていい加減じゃない。『雪国』を叙情小説と捉えたとき、このラストシーンも見事に島村の内心、すなわち虚無を表している」

「虚無ですか」

ミサキが呟く。

「たしかにそうかもしれませんね。心情を表す叙情小説に相応しい」

「『雪国』は叙情小説じゃない」

宮田が言った。

「え？」

「すまない。何と言ったのかな？」

「『雪国』は叙情小説なんかじゃないと言ったんです」

「叙情小説じゃない？」

「ええ」

「じゃあいったい何小説だというのかね」

曽根原が少しムッとして尋ねた。

「怪談です」

「怪談？」

ミサキが頓狂な声をあげた。

「怪談ってお化けが出てくる怪談ですか？　化け猫とか『番町皿屋敷』とか」

「ああ。その怪談だ。『雪国』は日本文学史上に残る見事な怪談だよ」

「もしもし」

ミサキが宮田を揶揄(やゆ)した感じで呼びかける。

「『雪国』が怪談のわけないでしょう」

「どうして？」

「どうしてって……。今までそんな説は聞いた事がないし……。ありましたっけ？」

ミサキが助けを求めるように曽根原に視線を移す。

「ない」

曽根原は一言の下に宮田の間違いを正した。

「ああ良かった。あたしが知らないだけかと思った。やっぱり誰も唱えた事がないんですね」

「誰も唱えた事がないからと言って間違いとは限らない」

「それはそうでしょうけど……」

ミサキは宮田にも納得できない様子だ。

「じゃあ訊きますけど『雪国』のいったいどこが怪談なんですか？」

「幽霊が出てくる話なんだから怪談だろう」

「幽霊？」

曽根原は思わず訊き返してしまった。

「はい」

何を考えているのだ？　この唐変木は。

「幽霊なんか出てきませんよ」

ミサキが曽根原の代わりのように反論する。

「出てくるじゃないか」

「出てきませんよね？」

ミサキが助けを求めるように曽根原を見た。

（助けてやるとするか）

この男に関わるだけ時間の無駄だがミサキ君の助けを無下にはできまい。

曽根原はそう判断した。

「幽霊など出てこない」

最初の一行からラストの一行までストーリーを把握している私が言うのだから間違いはない。曽根原は泰然と構える。

「いきなり出てきますよ」

「いきなり？」

「ちょっと待ってください」

ミサキはカウンターの端のブックエンドに挟まれた五冊の文庫本のうちの一冊を取りだ

した。新潮文庫の『雪国』である。

「平成十六年発行の第百二十八刷りです」

さりげなく二人に伝えるとページをめくる。

「冒頭は例の〝島村が長いトンネルを抜けて雪国に着く場面〟ですよね」

「そうだ」

「一ページ目には駅長の他には島村と葉子しか出てきませんよ」

「その葉子が幽霊なんだよ」

「はあ？」

「ハア？」

曽根原とミサキが同時に声をあげる。

（以心伝心か）

曽根原はミサキとの連帯感を感じた。

「仰（おつしや）ってる意味が判りませんが」

「幽霊だからラストシーンで不自然な落ち方をした。生身の人間ではありえない落ちかただ。川端はそれを忠実に描いた。だから、けっしていい加減に書いたわけじゃない」

「何を馬鹿な事を」

曽根原は苦笑した。

「じゃあ宮田さんも……。幽霊の話は置いといて……。落下シーンは不自然だと思ってるんですね?」

「当然だ」

「よかった」

ミサキが満面に笑みを浮かべる。

曽根原は面白くない。ミサキに対する親近感が一気に崩れた感じだ。

しかも宮田という得体の知れない男に認められたからと言ってどうなるものでもない。

「君の言った通り自殺にしても事故にしても意識を失ったまま水平に落下するのは不自然だからね」

「ですよね。嬉しいです。理解していただいて」

「いい加減にしたまえ」

曽根原は思わず口を挟んだ。

「葉子が幽霊だなどとあるわけがない」

「なぜです?」

曽根原は一瞬、絶句したがすぐに態勢を立て直した。

「葉子は生きているよ。作中に確固たる地位を確立してる。生きた人間として躍動している。それは川端の筆力だ」

Q.E.D.。証明終了。
「どうして宮田さんは葉子が幽霊だなんて思ったんですか？」

私が終わらせた話を、なぜミサキ君が蒸し返すのか？

（いや、そうではあるまい）

曽根原は酒を一口飲む。

（ミサキ君は私の言説で葉子が幽霊などではない事が証明されたことを確認した。そのことを踏まえて〝それなのに……葉子は幽霊などではなく生身の人間なのに……どうしてあなたは幽霊などと思ったんですか？〟とこの唐変木を半ば責める形で訊きたかったのだろう）

そう思って曽根原はほくそ笑んだ。

「『雪国』は地に足のついた現実を描写した小説ですよ。けっして怪談なんかじゃありません。ねえ曽根原先生」

やはりそうだったか。

（ミサキ君は『雪国』が怪談などというこの唐変木の言葉を微塵（みじん）も信じてはいなかった。その上でこの男を糾弾しにかかっている）

曽根原はミサキとの連係プレイで宮田を粉砕する事にした。

「その通りだ」

ミサキに呼びかけられた喜びを感じながら曽根原はミサキの意見にお墨付きを与えた。

「『雪国』は島村の陰鬱な心情と駒子の抑えた情熱を活写したリアルな小説だ。幽霊など出てくる隙はない」

「では曽根原先生はラストの落下シーンをどう説明するんですか？」

「だから落ちかたに意味はないと言っているだろう」

「それはおかしいですね」

「どこがおかしい」

「川端が意味のない描写をするでしょうか」

「意味がなくても問題はない。そういう認識の下に物語を終わらせたのだ」

ミサキが頷く。

「だとしても」

意味がないと認めるのか？

「あのラストシーンは仮に意味がないとしても」

仮にか。

「あまりにも唐突な印象である事は間違いないでしょう」

「たしかにそうですね」

ミサキが宮田の援護射撃をする。

「それまで島村や駒子の雪国での、ささやかな交流を丹念に描いていた物語にいきなり火事が起きて、しかも死ぬ気配のなかった葉子が死ぬんですものね。唐突です」

「だがそれを問題にしても仕方なかろう。物語は終わらせる必要がある。川端は物語を火事と死によって終わらせた。それだけの事だ」

「なるほどね～」

ミサキが曽根原陣営に戻ってきた。

「川端は人一倍、美意識の高い人間でした」

「川端と面識がないので実際には判らないが」

曽根原は微かな皮肉を込めて応える。

「ノーベル文学賞を取るぐらいの人物だ。人一倍、美意識が高くてもおかしくない。いや、むしろ当然だろう」

「ありがとうございます」

お礼を言うとは自分の考えが認められたと思ったのか？

「小説ばかりではありません。川端は美術品にも造詣が深かった」

「そうなんですか？」

ミサキが宮田にではなく曽根原に訊いた。

（その姿勢は良い）

なんでも答えを私に確認する姿勢は個人的感情を抜きにしても正しい姿勢だ。

（この男がどこの馬の骨とも判らないが私は日本文学界の重鎮なのだからな）

それぐらいの自負はある。

「その通りだ」

曽根原は実績に裏打ちされた知識を披露する。

「川端は美術品を収集していた。しかもそのレベルは素人（しろうと）のそれを超えていた。かれの収集作品の中から国宝に認定されたものもある」

「国宝⁉」

ミサキが大きな声を出す。

「そうだ。聖徳太子立像などの国宝だ」

「国宝って買えるんですか？」

驚きどころはそこではない。

（まあいい）

曽根原は気を取りなおして「川端が購入した後に国宝に指定されたんだ」と説明した。

「つまり川端は、それほどの目利きだったわけだ」

「すごい」

曽根原は満足げに頷いた。

川端の美意識が人並み外れて高い事は証明した。

しかし……。

「それが何だと言うんだね？」

「それほど美意識の高い川端が作品の統一感を乱すような描写を挿入するでしょうか。しかも目立つラストシーンで」

曽根原は答えに詰まった。

「言われてみれば変ですね」

「美は乱調にありだ」

曽根原は反論を思いついた。

〝美は乱調にあり〟とは大正時代のアナーキスト、大杉栄（おおすぎさかえ）とその破天荒な愛人、伊藤野枝（いとうのえ）を描いた瀬戸内寂聴の小説のタイトルだが大杉の《美はただ乱調にある。諧調は偽りである》との言葉に由来する。

「統一されたものを乱したときにも美は生まれる」

「そういう場合もあるでしょう。でも川端は違った」

「違った？」

「『雪国』は終始、陰鬱な雰囲気に統一されています。『伊豆の踊子』は逆にみずみずしいイメージで統一されています」

「ですよね」

ミサキが宮田に同意する。

「といっても、あたし川端は『雪国』と『伊豆の踊子』『掌の小説』の三冊しか読んでないんです」

ミサキの突然の告白に曽根原は戸惑った。

「川端って意外と有名作が少なくありません?」

そんな事はない。『眠れる美女』『古都』『みずうみ』など有名作はいくらでもあるではないか。

(もっとも、それは私が文学者だからそう思うのかもしれない)

そう曽根原は考え直した。

「いずれにしろ川端の世界観は統一されています」

「それなのに『雪国』はラストシーンだけ統一が乱れていますね」

ミサキが言った。

「なぜかしら?」

小首を傾げる。その仕草を可愛いと思う余裕を曽根原は失いつつあった。

「実は乱れていない」

宮田の言葉にミサキは「え?」と声を発した。

「実は『雪国』は最初は短編の形で冒頭部分だけ発表されたんだ」

「そうなんですか？」

ミサキが自分に向けて質問を発したように感じたので曽根原は「そうだ」と説明役を買って出る。

「昭和十年に〈文藝春秋〉に『夕景色の鏡』を発表した後、〈改造〉や〈中央公論〉など媒体を替えながら七短編を発表し、その二年後にそれらをまとめて創元社から『雪国』として発表した」

「知りませんでした」

「先ほど曽根原先生が仰っていたように単行本として発表された創元社版『雪国』にはラストの火事の場面がなかった」

「後からつけ足されたのだ」

「川端はどうして火事の場面をつけ足したか？　わざわざ統一を乱すためだと思うかい？」

「そうは思いませんね。やっぱり、つけ足しても統一が乱れないと思って足したんじゃないでしょうか」

「僕もそう思う」

「でも現実には統一が乱れています」

「乱れていない。言っただろう？　『雪国』は怪談だって」

「言ってましたけど、そんな事はありえないって」

「怪談だと判れば乱れていない事も判るよ」

「葉子が幽霊ならば空中に漂うように水平に落下するのも不自然じゃないですもんね」

　ミサキ君……。

（まさか君はこの唐変木の軍門にくだったわけじゃないだろうね？）

　曽根原はヤキモキした。

「幽霊ならばそうかもしれないが幽霊などであるわけがない」

　曽根原は反論を開始した。

「なぜです？」

　あまりにも明白すぎてどこから説明したらいいのか判らなくなるほどだ。

「明白な事は川端が葉子の事を〝幽霊だ〟と書いてない事だ」

　ミサキがポンッと右手の握り拳で開いた左の手のひらを叩いた。

「Q.E.D.」

　これは驚いた。

（ミサキ君が私の説に則って証明終了を意味するQ.E.D.の語を発するとは）

　曽根原は笑みを浮かべた。

「たしかにその一言で明白に証明されてますね。お見事です」

これでこの唐変木もめげるだろう。曽根原は少し宮田がかわいそうになった。めげていなかった。

「葉子を〝幽霊だ〟と明記したら美しさが損なわれます」

「明記しないで匂わせているんです」

「どこに匂わせている描写がある？」

「最初の方の有名な描写からそうでしょう」

「冒頭の一行？」

「ちがう」

「もしかしたらあれかしら。《この指だけが、これから会いに行く女をなまなましく覚えている》」

「それだ」

ミサキは新潮文庫の『雪国』を手に取りページをめくる。

「扉やタイトルなどのページの後に物語が始まって三ページ目、文庫本のページ数で七ページ目にその描写がありますね」

宮田と曽根原はほぼ同時に頷いた。

「これってかなりエロティックな描写ですよね。よく教科書に載ってたなって思うぐらい」

曽根原は頷きかけて自重した。

「でもこれは生身の女の記憶ですよ。幽霊じゃないわ」

「その通り。生身の女だ」

宮田はミサキの言葉を肯定する。

「駒子のことですよね」

「そうだ。この描写は駒子が生身の人間だということを強調するために挿入された」

「宮田さん、どういう事ですか？」

「葉子の描写を見てみればいい」

「葉子の描写？」

「一〇ページ」

宮田の言葉を聞いて曽根原は〝この男は『雪国』のページ数まで覚えているのか〟と舌を巻いた。

ミサキは言われたページを開く。

「葉子に関して《彼女の顔のなかにともし火がともった》とある」

「ありますね」

「《彼女の眼は夕闇の波間に浮ぶ、妖（あや）しく美しい夜光虫であった》とも」

「はい」

「これは指という触感でなまなましく覚えている生身の女である駒子に対して葉子は生身

の女ではないことを表すために挿入された表現だ」

「言われてみればそんな気もしますね」

まずい。

曽根原に微かな焦りが生じた。

(このままではミサキ君がこの唐変木の戯言を信じてしまいそうだ)

曽根原は反論に転ずる。

「たしかにその文章は駒子と葉子の対比を表している」

「やっぱりそうなんですね」

続けてまずい。ミサキ君は私がこの唐変木の援護射撃をしたと思っている。

「が、なにも葉子が幽霊だなどと言っているわけではない」

「どうして断言できるんですか?」

宮田が反撃してきた。

「どうしてと言われても」

今まで葉子が幽霊だなどと考えたこともなかったから咄嗟には思いつかない。

「とにかく」

曽根原は態勢を立て直す。

「芸者として日々を精一杯生きている駒子に対して葉子はどこか現実感のない女性だった。

それだけだ」

「なるほど。川端は葉子を現実感のない女性として描きたかった」

「そうだ」

「なぜでしょう?」

「駒子をより現実的な女性として際だたせるためだ」

「納得できます」

ようやくミサキが曽根原陣営に戻ってきた。

「曽根原先生の説明を聞いていると」

宮田はどこか笑いを含んだような顔で言った。

「駒子が現実の女性、葉子が現実ではない女性と捉えても、なんらおかしくない気がしてきますけど」

「あ」

ミサキが声をあげる。

(どっちの味方なのだ?)

誰の味方でもない。ミサキ君は真実の味方だった。曽根原はそのことを思いだした。

「言われてみればそうですね。現実的な女性と現実感のない女性。それを生身の女性と現実じゃない女性、すなわち幽霊と捉えることもできますよね」

「一三ページにこういう記述もあります」

宮田は暗誦する。

――指で覚えている女と眼にともし火をつけていた女との間に、なにがあるのか
ミサキが頷く。

「やっぱり川端は葉子が現実の女性じゃないって言いたいのかしら？」

「葉子は生活をしているよ。幽霊として島村の前に現れたわけじゃない。島村が雪国に到着した日に駅長と会話もしている」

「あ、そうか。やっぱり現実の女性ですね」

曽根原の視線に笑みがこぼれる。今度こそ証明終了だ。

「幽霊だって会話ぐらいするさ」

宮田は全くめげていなかった。

「小泉八雲の『雪女』に出てくるお雪……すなわち雪女だけど主人公の巳之吉と何年も結婚生活を送っている。その間、様々な人と会話をしている」

「あ、そうですね」

現実世界で生活している様子が描かれていたとしても幽霊でないとは言えない。

「しかし」

「だから水平に落ちたんです」

「そこに行き着きますよね」

ミサキが宮田に靡(なび)いた。

「あの場面だけ違和感があるんですよね。統一されていないのが気持ち悪いっていうか……。だからあたしも殺人事件じゃないかなんて頓珍漢(とんちんかん)なことを言ってしまったんです」

ミサキが小さく舌を出した。

(実際に小さな失敗をしたときにペロッと舌を出す人間を初めて見た)

曽根原は妙なところに驚いた。

(しかもほんの少し出しただけなのが良かったのか品があって……)

だが見とれている場合ではなかった。

「人一倍、美意識の高い川端が作品全体を統一感で覆わないわけがない」

「ですね。葉子を幽霊、すなわち『雪国』を怪談だと考えればあのラストシーンも違和感がなくなりますね」

「そういう事だ。すべては計算されていた。統一されていたんだ」

ミサキが宮田と曽根原にカクテルを供する。砂糖によって縁取られたカクテルグラスに注がれた真っ白い雪景色のようなカクテルだ。グラスの底には緑色の果実が沈んでいる。

「これは?」

「〈雪国〉です」

「〈雪国〉……」

「ウォッカベースのカクテルでウォッカ四五ミリ、ホワイトキュラソー一五ミリ、ライムジュースをスプーンに二杯と氷をシェイクします。それをスノースタイルにしたカクテルグラスに注いでカクテルピンに刺したグリーンチェリーを沈めればできあがり」

「少し強いがおいしい」

「ありがとうございます」

ミサキがニコッと笑う。

「でも」

ミサキが右手の人差し指を立てて右頬に当てる。

「葉子が幽霊って事は実際には葉子はすでに死んでいて化けて出たって事ですか?」

ミサキが話を戻す。

「いや」

宮田は酒で喉を潤す。

「葉子という人間は元々いなかった」

「いなかった?」

「ああ。島村の前にとつぜん葉子と名乗って現れた」
「それって……。幽霊っていうより妖怪の類かしら」
「分類すれば……。そうなるだろうね」

幽霊と妖怪はどちらも怪異現象ではあるが種類が違う。

幽霊は人間が出自の怪異。すなわち死んだ人の霊である。成仏できなかった魂の姿とも言える。

妖怪は人間以外が出自の怪異。たとえば布が変化した一反木綿（いったんもめん）や壁が変化した塗り壁。あるいは猫が変化した化け猫。物の怪（もののけ）とも言う。

「葉子は妖怪って感じはしませんけど」
「たしかに人間の姿をしているけれど死んだ人の霊ではないから人間出自の怪異ではない」
「やっぱり妖怪なのかしら」
「島村が心惹かれる若い女性……。場所は雪国……。分類すれば雪女の類に入るだろうね」
「雪女？」

宮田が頷く。

「つまり雪が出自だ。雪女は小泉八雲の作品が有名だけど言い伝えは各地に伝わっている。それぞれバリエーションがある。葉子もその中の一バリエーションと捉えてもおかしくはない」

「葉子が雪女……」

店内に一瞬、冷たい風が吹き抜けた気がした。

「でも川端は何のためにそんなことを？」

「駒子の分身を表すためだ」

「駒子の分身？」

「そうだ」

「どうして駒子の分身を？」

「島村が駒子との心中を望んでいたからだ」

「ええ？」

「島村が駒子との心中を望んでいた？」

曽根原が思わず宮田に訊いた。

「そうです」

「そんな事は書いてありませんよ」

「書いてなくても判る」

「どうしてですか」

「駒子には男がいたからね。八七ページに書いてある」

――駒子にそういう人のあるのを島村は初めて知った。十七の年から五年続いていると言う。


「それを儚(はかな)んで無理心中？」

「そうだと思う。だけど駒子にその意志はないから葉子という亡霊を登場させた。そして行男を」

「行男？」

行男は駒子の元許嫁と言われていた男で物語の中程で亡くなってしまう。

「行男は島村の分身だ」

「なに？」

曽根原が驚いたような声を出す。

（そんな説は聞いた事がないが……）

曽根原は宮田の次の言葉を待つ。

「川端は島村の駒子との心中願望を表す象徴として葉子と行男を登場させたんです。その証拠に行男は物語にはまったく絡んできません。ただ存在を描写されて一言も言葉を発することなく死が描かれています」

「島村の分身だから？」

「そうだ。葉子と行男は二人とも物語の中で死んでしまう。それは葉子が駒子の分身、行男が島村の分身だと考えれば納得がゆく」

「〈葉子と行男の死〉は〈駒子と島村の心中〉が投影されたもの？」

「そういう事だ。いわば島村の心中願望の幻影だ。作者である川端は死に取り憑かれているんだ。たとえば『掌の小説』にも心中テーマの作品が数多く収められている」

「そういえば『竜宮の乙姫』が心中テーマですね」

曽根原はミサキが『掌の小説』を読んでいた事を思いだした。

（それにしてもミサキ君も記憶力がいい）

曽根原は感嘆した。

「『心中』っていうタイトルの作品までありますし……。言われてみるとそうですね」

ミサキは指を折って数えている。

「幽霊の話も多いんですよね。『顕微鏡怪談』とか」

宮田は頷くと言葉を続ける。

「最後の場面……一三九ページで駒子と眺めた天の河に島村は三途(さんず)の川を想像していたのかもしれない」

――島村も振り仰いだとたんに、天の河のなかへ体がふうと浮き上ってゆくようだった。

「川端は島村の駒子との心中願望を表すために」

「葉子と行男を配置した。それは認めよう」

「曽根原先生……」

「ただし生身の人間としてだ。川端は物語上の構成として葉子と行男を配置したに過ぎない。けっして幽霊や雪女などではない」

「それだとラストシーンの水平落下が説明できないですよね？」

ミサキ君……。

(君はやっぱりこの唐変木の軍門にくだってしまったのか？)

曽根原は愕然とした。

「葉子の死に意味はないと仰いましたけど、やっぱりそれでは水平落下を説明できないと思うんです」

「しかし」

曽根原が反論の言葉を探そうとしたとき宮田が「葉子は駒子の言葉を運ぶ者という意味でつけられた名前です」と口を挟んだ。

「言葉を運ぶ？」

曽根原は宮田の言葉を頭の中で反芻する。

「そうです。その証拠に葉子はいつでも駒子の手紙を島村に運んでくるんです」

「あ」

曽根原は思わず声を出した。


〈一一一ページ〉

――葉子がまた駒子の結び文を持って来た。


その一節を思いだしたからである。

「もしかしたら〝葉子〟の葉は〝言葉〟の葉かもしれませんね」

ミサキが宮田の援護射撃をする。

「そうかもしれない。いずれにしろ葉子は駒子の心情を島村に告げる役目を負っています。つまり葉子は駒子の分身なんです」

曽根原は何も言わず手にした猪口を眺めている。

「最後の火事の場面ですが……。落下した葉子を駒子は抱きかかえます。一四七ページ。《駒子は自分の犠牲か刑罰かを抱いているように見えた》」

「自分を抱いている、の言い換えでしょうか」

「そう読める。同じページには島村が落下した葉子を見て《駒子との年月が照し出されたようだった》と感じた事が書かれています」

「葉子を見て駒子との年月が照らしだされるって……。葉子が駒子の分身である事を言っているみたいですね」

「ああ。そして落下の原因となった火事だけど」

「繭倉で映画の上映があって、そのフィルムが燃えて火事になったんですよね?」

「そうだ。どうしてフィルムが燃えたと思います?」

宮田が斜めの方向から質問を発した。

「火事のシーンを演出するために燃えやすい物を選んだだけだろう」

曽根原が咄嗟に答える。

「燃えやすい物なら他にいくらでもあります。第一」

宮田は酒で喉を潤すと続けた。

「曽根原先生の言うようにラストシーンの死に意味がないのなら火事の原因を特定する必要もないでしょう。ただ〝火事が起きた〟だけで済ませばいいはずです」

「宮田さんはフィルムに意味があると言うんですか?」

「ある」

「どんな意味が?」

「葉子は生身の人間ではなく駒子を映したものだという暗示のためです」

「葉子が駒子を映したもの……。だからフィルム……。たしかに映画のフィルムは実際の人間ではなくて、それを写しとった、いわば幻ですもんね」

「そうだ。映画にも造詣の深い川端はそのことを表現したんだ」

すなわち……。

「川端は意図的にあの不可思議なラストシーンを書いた……」

「当然だ。ラストシーンだけじゃない。川端は何度も葉子が幽霊だと暗示している」

「何度も？」

「たとえば島村は西洋舞踏に関する文章を書いていたりもするわけだけど実際に舞踏家が踊る生身の肉体を観るわけではなく写真や文章から空想して幻影を鑑賞しているに過ぎない」

〈二一ページ〉

――彼自身の空想が踊る幻影を鑑賞しているのだった。

「空想して幻影を観ていた……。葉子も空想の産物だったのかしら？」

「決定的なのは落下した場面だ」

ミサキがページをめくる。一四六ページ。

――下に落ちても音はしなかった。

「これって……」

「生身の人間が二階から地面に落下して音がしないなんて事があるかい？」

「ありませんね」

「つまり葉子は幽霊だった」

店内に静寂が訪れた。

「『雪国』のラストシーンが一貫性のあるものに思えてきました」

ミサキが静寂を破る。

「それが川端の力です。でも誰も見抜けなかった。だから自殺したんです」

「なに？」

曽根原が眉根を上げた。

「君は川端の自殺の原因を」

「トンネルを抜けると雪国だった。それが自殺の原因でしょうね」

「言ってる意味が判りませんけど」

ミサキ君の言う通りだ。意味不明。

「川端康成は昭和四十七年（一九七二年）四月十六日、七十二歳の時に自宅でガス管を銜えて自殺しています」

「衝撃的だったでしょうね」

ミサキが五家宝の追加を差しだしながら呟く。

（ミサキ君はまだ生まれていなかっただろう。私は生まれていたが記憶にはない）

曽根原は五家宝を一つ摘む。

「自殺の原因は様々に憶測されていますが実際には判りません」

「遺書はなかったんですか？」

「なかった」

「じゃあ憶測するしかないですね」

「そうだけど……」

「だけど？」

「川端の人生は幼少の頃から死にまとわりつかれている」

「さっきも言ってましたけど……。死にまとわりつかれているって具体的にはどのように？」

「川端康成は明治三十二年（一八九九年）大阪に生まれた。父は医師で姉との二人姉弟だった」

曽根原が説明役を買って出る。

「裕福な家庭だったのかしら？」

「そうだろう。だが川端が一歳半の時に父親が亡くなる」

「まあ。かわいそう」

この素朴な感情はミサキ君の美点の一つだろう。曽根原は酒を口に運びながらそう思った。

「そして二歳半の時に母親も死去する」

「え」

かわいそうすぎて言葉を失ったか。これもまた素朴すぎる反応だ。

「川端は祖父母と暮らすようになるけど姉は叔母の家に預けられて姉弟は別れ別れとなる」

「ホントにかわいそう」

「そして七歳の時に母親代わりの祖母が亡くなって祖父と二人暮らしになる」

「まあ」

高齢者の死はさほど驚かないか。

「お姉さんと一緒に暮らせるようになったらいいのに」

「姉は川端が十歳の時に亡くなった」

「お姉さんも？」

「そうだ」

宮田が割って入る。

「だから死にまとわりつかれているって言っただろう」

「本当にそうですね」

「十五歳の時祖父が亡くなって孤児となった川端は伯父の家に引き取られた」

曽根原から宮田に説明役を交代する。

「過酷な生い立ちですね」

「それが川端に死のイメージを植えつけたとしても不思議じゃない。功成り名遂げた後にも川端の通訳を務めていた十九歳の女性が中野（なかの）駅からタクシーで帰る途中で事故死するという厄災に遭っている」

「それらの不幸に川端がなんらかの影響を受けている可能性もありそうね」

「川端は暖かさを求めて彷徨（さまよ）っていた」

「暖かさ?」

「そう。具体的には家族だ」

「家族……。たしかに川端は家族を失い続けた生い立ちですよね」

「だが本人は結婚している」

曽根原が言う。

「結婚はしました。奥さんは川端が二十八歳の時に妊娠もしました。でも死産でした。翌年も流産しています。結婚してからも死の影はまとわりついています」

「だが川端夫婦は十一歳になる親戚の子を養女に迎えている。ここで死の影を払拭したのではないかね?」

「たしかに家庭は得たけれど文学的な満足は得られなかった」

「そんな事はないでしょう」

ミサキが反論する。

「川端は日本文学界の第一人者でノーベル文学賞まで受賞しているんですよ」

「日本人初のノーベル文学賞だ」

曽根原はミサキが提供した情報を補強した。

「たしかに名声は得ました。ではなぜ自殺したのでしょう?」

「他人には判らない本人ならではの悩みがあったのだろう」

「それが文学的な満足感を得られていない悩みだったのではないでしょうか」

「ふむ」

曽根原は宮田の言葉を吟味する。

「たしかにそうかもしれない。だが創作者は川端に限らず多かれ少なかれ自分の作品に満足しないものじゃないのかね?」

「川端は特にその傾向が強かった。晩年は睡眠薬を常用していたそうですね」

「その通りだ。かかりつけの医者に〝創作ができない〟と悩みを打ち明けてもいる」

「創作に行き詰まっていた様子が窺えますね」

「そういえば」

曽根原はある事を思いだした。

「私の文学上の師に聞いた話だが」

曽根原は猪口を飲みほす。

「川端は讀賣新聞に頼まれてエッセイを書いたのだが、そのエッセイが過去に別媒体に発表した自分の文章と、ほとんど同じだったそうだ」

「自分の作品を剽窃してしまったんですか？」

「そのことに気づいた川端は謝罪文を書いたそうだ」

「それは知りませんでした」

宮田が素直に認めた。

「もしかしたら川端は死にまとわりつかれた自分の人生を抜けだすために小説家になろうと思ったのかもしれないな」

宮田が呟く。

「だけど満足を得られなかった。満足のゆく作家生活を送れなかった。そのことを『雪国』は表しているのかもしれない」

「『雪国』が？」

「ああ。作家デビューする事は川端にとって境界線を抜けだす事だった。それまでの人生はトンネルを進んでいるように暗かった」

「トンネルがデビュー前の人生だって言うんですか？」

「そうだ。トンネルは闇の中を進んでいるような川端の人生の比喩だ。小説にはよく比喩が使われるからね。そして〝トンネルを抜ける〟とはデビューした事を表している。でもトンネルを抜けてもそこは寒い雪国だった」

「思えば『雪国』の冒頭も田山花袋の文章から取ったものだ」

「え？　ホントですか？　曽根原先生」

「ああ。田山花袋の『雪の信濃』という紀行文にこんな一節がある」

――隧道の数二十有六、あゝ何ぞその暗黒なるや。車燈の影朧げに人を照して、其顔、其姿、恰も陰府にあるがごとし。あゝこれ雪の天国に通ずる洞門ならずや。

「似てる気もしますけど」

「川端自身が『雪国』の冒頭はこれの書き換えである事を『百日堂先生』で明かしている」

「そうですか」

ミサキがしんみりとした口調で言う。

「華々しく作家デビューしても川端の心は雪国……それも冬ですね。冬のままだった」

ミサキが〈雪国〉を飲みほす。

「たとえそうだとしても」

曽根原も〈雪国〉を飲みほした。

「すべては憶測に過ぎない」

「記録が残っていますよ」

「なに？」

「一九五〇年刊の新潮社『川端康成全集』で川端はこう記しています。《私のあゆみはまちがっていた》と」

「私の歩みは間違っていた……」

「『雪国』の完成版が出版されたのは一九四八年です。全集での言葉はおそらく『雪国』を書いた心境を表していたのではないでしょうか」

宮田は〈雪国〉を飲みほすとカシスシャーベットを注文した。

第二話　田山花袋　～欲望という名の蒲団～

気がついたらこの店にいる。

曽根原はそんな思いを抱きながらスツールに腰掛けた。

「よかった。先生に来ていただいて」

「よかった？」

「はい。あたし曽根原先生に『蒲団』についてお訊きしたかったんです」

西川のことだろうか？

（ミサキ君だったら西川というよりフランスベッドの方が似合う気がするが）

曽根原はミサキの寝姿を想像した。

（それともベッドで使う掛け布団ではなく畳に敷く布団のことか？）

いずれにしろ、できる範囲で力になろうと曽根原は思う。

「布団の何を訊きたいのかね？」

まずは訊いてみることだ。

「田山花袋の『蒲団』って掛け布団ですか？　それとも敷き布団ですか？」

曽根原はいささか驚いた。

まず〝その『蒲団』か〟という感想が頭を過ぎった。

(寝具の布団じゃなかった)

『蒲団』は明治時代の小説だ。

新潮文庫の裏表紙にある紹介文によれば《赤裸々な内面生活を大胆に告白して、自然主義文学のさきがけとなった記念碑的作品》である。

また日本の私小説の原点とも評価されている。

作者の田山花袋は当時こそ流行作家だったが今では余程の読書家でなければ新刊書店で『蒲団』を購入する事はなくなったのではないかと曽根原は危惧する。

(昭和の時代には必読書だったはずだが……)

曽根原の胸にそんな感慨が過ぎる。

それはともかく——。

ミサキに〝『蒲団』についてお訊きしたい〟と言われたときに曽根原は寝具のことかと思ったのだがミサキは小説のことを言っていたわけだ。

その驚き。

第二にミサキが『蒲団』を読んでいたこと。

(文学少女であっただろう、そして今も文学好きのミサキ嬢なら驚くには当たらないか)

質問自体はくだらないものだったとしても。

「そのどちらでもない」

曽根原はミサキの質問に真摯(しんし)に答えることにした。

「どちらでもない？」

「そうだ」

「タオルケット？」

「ちがう。敷き布団と掻巻(かいまき)を合わせて〝蒲団〟だろう」

「かいまき？」

「江戸時代には関東では掛け布団を使わないで袖のついた着物状の綿入り寝具すなわち掻巻を着て寝ていたんだ」

「そうなんですか？」

曽根原は頷く。

「褞袍(どてら)みたいなものかしら？」

「そう思っても大きくは外れないだろう」

「勉強になります」

「上方で使われていた掛け布団が関東に普及したのは江戸も後期になってからだ。『蒲団』で描かれた明治時代の後期にも関東では掻巻が残っていたんだろうね」

かなり最近まで残っていた地域もあると聞く。

「それは作品を読めば判るんですか？」

「判る。最後のページにその旨が書かれているはずだ」

「ちょっと待ってください」

ミサキはカウンターの端のブックエンドから一冊の文庫本を取りだした。

「新潮文庫の『蒲団・重右衛門の最後』です。昭和二十七年初版発行ですけど、これは平成十三年発行の第七十五刷りです」

ミサキはそう説明しながら『蒲団』の最終ページを確認する。

「ホントだ。《芳子が常に用いていた蒲団――萌黄（もえぎ）唐草（からくさ）の敷蒲団と、綿の厚く入った同じ模様の夜着》ってあります。夜着って夜に着るから搔巻のことですね」

「そうだ」

「しかもその後に《時雄はその蒲団を敷き、夜着をかけ、冷めたい汚れた天鵞絨（びろうど）の襟に顔を埋めて》とあります。〝襟〟だから夜着すなわち搔巻がタイトルの由来だと判りますね」

「そういう事だ」

ミサキは素早く他のページも調べたようだ。

「あ、ここにも」

「二四ページに《細君の被（か）けた蒲団を着たまま、すっくと立上って、座敷の方へ小山の如く動いて行った》。蒲団を着たまま歩くって……やっぱり搔巻なんですね」

「だから言っただろう」

「それと、もう一つお訊きしたいことが」

まだあるのか。

「あたし『蒲団』って本当に田山花袋が書いたのか疑問に思ってるんです」

「何だって？」

意外すぎる疑問だ。

だが——。

『蒲団』は明治の小説家・田山花袋が書いた。その事実は揺るぎようがない。そこを疑問視する必要はないし疑問視するのは滑稽だ。

「どういう意味かね？」

何かの冗談あるいは比喩の類かもしれない。

「そのまんまの意味です。『蒲団』って田山花袋の代表作って言われてますけど別の人が書いたんじゃないかって」

「別の人とは誰かね？」

「岡田美知代です」

「ほう」

岡田美知代とは『蒲団』のヒロイン、芳子のモデルとなった人物だ。

『蒲団』のあらすじは次の通り。

三十代半ばの竹中時雄は、うだつの上がらない文学者だ。子供が三人いるが生活にくたびれ日々の暮らしに不満が溜まる。心は寂しく荒涼としている。

そこへ若い作家志望の女性、横山芳子が時雄の元に弟子入り志願にやってくる。時雄は一ヶ月ほど芳子を自宅に仮住まいさせる。軀の関係を持つ事を自制しつつも時雄は芳子に惹かれてゆき、やがて切々たる恋情を寄せるようになる。

時雄の家を出た芳子に恋人ができると時雄は嫉妬に狂い仲を裂こうと画策する。

やがて芳子は父親に引き取られて故郷に去ってゆく。〝蒲団に残るあのひとの匂いが恋しい〟……時雄は芳子の蒲団に顔を埋めて思いを慰める。

主人公の竹中時雄が田山花袋、若い女弟子の横山芳子が岡田美知代だとされ発表当時はセンセーショナルな話題を呼んだ。

あらすじを頭の中で確認しつつ曽根原は「どうして岡田美知代が書いたと思うのかね？」と尋ねた。

（馬鹿らしい説だが……）

酒のつまみのつもりで曽根原は訊いた。

（二人だけの空間だ。意味のない会話も意味を帯びてくる）

そんなことを考えながら。

「福田恆存（ふくだつねあり）が田山花袋のことを貶（けな）しているからです」

「福田恆存が？」

福田恆存は評論家であり劇作家、演出家でもある。産経新聞の論壇誌〈正論〉の起ちあげを田中美知太郎、小林秀雄らと提唱した。

「はい。新潮文庫の解説です。そこで福田恆存は《『蒲団』の新奇さにもかかわらず、花袋そのひとは、ほとんど独創性も才能もないひとだったのでしょう》って書いてます」

「解説に？」

「はい」

「それは酷い」

田山花袋の作品は一通り読んではいたが全集で読んでいたので福田恆存の解説は知らなかった。

「あたしはその解説を信じたんです。その解説を信じれば田山花袋には才能がない。だから『蒲団』のような傑作を書けるわけがないと踏んだんです」

「しかし」

「文学者の洞察は鋭いですから」

小憎らしいところをついてくる。福田恆存を引きあいに出して同じ文学者である私の洞察を鋭いと示唆しているわけだ。

「福田恆存は花袋自身について、こうも言っています。《花袋はわが国における文学青年のもっとも純粋で典型的な代表者だった》って」

「たしかに褒めてないね」

「続きがあるんです」

「続き？」

「はい。福田恆存は続けて《文学青年》を《芸術家の才能なくして、芸術家に憧れるもの》と定義しています」

「それは手厳しい」

「でしょ？」

ミサキの年上の者に対するにはいささか礼を失した〝でしょ？〟という呼びかけに曽根原は一瞬、たじろいだが、すぐに微かな嬉しさもじんわりと胸に湧きおこった。礼を失したとは親しさの一表現でもあるからだ。

「それだけじゃないんです」

「というと？」

「花袋のもう一つの代表作である『田舎教師』も福田恆存が解説を書いてるんですけど」

「新潮文庫だね？」

「はい。福田は解説の中で『田舎教師』を《このたいくつな小説》と書いています」

「ふむ」

「国木田独歩を引きあいに出した件も辛辣です」

国木田独歩は花袋と同時期の小説家だ。

「《独歩なら、これを三十枚の好短編にまとめあげ》と独歩を褒めて返す刀で花袋のことを《文学者としてはせいぜい傍観者的紀行文作家にすぎなかった》と断じています」

「小説家としては認めてないわけか」

「はい。なので〝小説以外の作品はどうなんだろう？〟って興味が湧いて田山花袋が書いた『近代の小説』っていうエッセイを取り寄せて読んでみたんです」

「角川文庫の？」

「はい」

熱心なことだ。

「古い本です。昭和二十八年初版発行。あたしが手に入れたのは昭和三十三年発行の七刷りですけど著者名の田山花袋に〝たやまくわたい〟ってルビが振ってあります」

「それは古い」

「内容は……おもしろかったんです！」

「ほう」

「〝英文学者の夏目漱石氏が小説を書くとは思わなかった。むしろ高浜虚子の方が書くと思っていた〟とか興味深い話がたくさん出てきます。ほかには《夏目さんなども随分ひどい追跡狂に悩まされて》とも書いてあったんですけど、これは今で言うストーカーかしら?」

「そうかもしれないな」

「こんなおもしろい文章を書く花袋を貶すなんて福田恆存は、よっぽど花袋のことが嫌いだったんですね」

「そうではない」

「え?」

「好き嫌いの問題ではない。学者として単に作品の評価、作家の評価をしたまでだろう」

「そうかあ」

ミサキは天井を見るように顔をあげた。

「そうですね。それが学者として正しい姿勢ですよね」

顔を戻して曽根原を見る。

「その通りだ。文庫の解説としては、いささか異例ではあるが」

「それだけ恆存は嘘のつけない人だったんですね」

「立派な態度だと思う」

「はい」

「〝田山花袋は小説家としての才能はない〟と断じた恆存の批評眼を信じて君は〝『蒲団』は花袋が書いたのではない〟と思ったのかね?」

「そうです」

「それで岡田美知代が書いたと?」

「はい」

『蒲団』のヒロイン、横山芳子は岡山県出身という設定だが、そのモデルとなった岡田美知代は広島県の出身だ。

岡田美知代は実際に田山花袋の自宅に寄宿して文学上の指導を受けていた。また岡田美知代には同志社の学生、永代静雄という恋人がいたが永代は『蒲団』では田中秀夫として登場している。

「岡田美知代は作家志望で花袋の弟子ですから書く力はあると思うんです」

「それはあるだろうね。岡田美知代はストウ夫人の『アンクルトムの小屋』を翻訳もしている」

「才女ですよね」

「当時としては、そうなるな」

「小説も書いてますよね？」

「書いている。一九一〇年（明治四十三年）発表の『ある女の手紙』など明治末から大正にかけて何作もの小説を書いていた事が知られている」

「そんな岡田美知代なら『蒲団』を書いても不思議じゃないと思うんです」

「だが『蒲団』を岡田美知代が書いたのなら彼女は、どうしてそのことを黙っている？」

「それは……」

ドアが開いた。

振りむくと奴がいた。そんな昔のドラマのタイトルのような感想が曽根原の胸に浮かんだ。

（ミサキ君との二人だけの文学談義に花が咲いていたのだが邪魔者の闖入(ちんにゅう)か）

舌打ちしたい気分だったが心の中だけの舌打ちに留めた。

「いらっしゃいませ」

宮田がスツールに坐るとミサキは「お飲み物は何にしますか？」と訊いた。

「〈尾瀬の雪どけ〉があったら、もらおうか」

「桃色にごりがありますけど、それでいいですか？」

「けっこうだ」

尾瀬の雪どけ？　桃色にごり？　曽根原の知らない酒だった。

「群馬県館林の酒蔵〈龍神酒造〉が誇る純米大吟醸の日本酒です」

曽根原の心の中を覗いたのかミサキが説明する。

「曽根原先生もどうぞ」

ミサキが宮田と曽根原の二人にグラスを提供した。高さ六センチほどの小さなグラスだ。底が狭く口が広がっている。

「お猪口の形みたいでしょ？　なのでフランスはデュラレックス製のタンブラーグラスですけど日本酒を飲む時にも使ってるんです」

「ほう」

「丈夫で長持ちするから重宝しています」

そう言いながらミサキは二人に徳利も差しだした。

「これは……」

ミサキが差しだしたのはガラス製の徳利だった。中には桃色の液体が満たされている。

「これが桃色にごり？」

「そうなんです。綺麗な桃色が目を惹きますよね」

「たしかに」

「飲んでみてください」

勧められるままに曽根原は徳利からグラスに〈尾瀬の雪どけ〉を注いで一口飲んでみる。

「ですよね。米と麹（こうじ）だけで醸造したお酒ですけど酵母の出す色によって桃色になるそうなんです」

「甘美な味だ」

「おいしい」

宮田が呟く。

「よかった」

ミサキがニコッと笑う。

「でもどうして宮田さんは〈尾瀬の雪どけ〉を注文なさったんですか？」

「館林出身の作家、田山花袋に敬意を表して」

「え？」

ミサキが声をあげた。曽根原も声こそあげなかったもののいささか驚いた。

「どうして田山花袋に敬意を？」

ミサキと同じ疑問を曽根原も抱いたのだ。

「今夜の話題が田山花袋だろうと思ってね」

ミサキが目を丸くする。

「どうして判ったんですか？」

「だって」

宮田は〈尾瀬の雪どけ〉を一口飲む。

「カウンターの中に〈花袋せんべい〉があるもの」

宮田に言われて曽根原はカウンターの中を注視する。たしかに隅の丸椅子に〈花袋せんべい〉とラベルの貼られた袋が置かれている。

「客の土産にするつもりなのかな？」

「当たりです」

当たったのか。

（この男、余計な勘だけは鋭い）

曽根原は妙なところに感心した。

「〈花袋せんべい〉は、ちょっと硬いけどおいしいですよ」

花袋だけに……と添えようとして曽根原は危うく思いとどまった。

「君はまた頓珍漢（とんちんかん）な爆弾発言をしたのかな？」

ミサキがプクッと頬を膨らませて宮田を睨んだ。その顔に萌えないように曽根原は無の境地になるよう努めた。

（努めた……すなわち意識している時点で無の境地ではないか）

どうもペースが乱される。

「『蒲団』は田山花袋が書いたんじゃなくて弟子の岡田美知代が書いたんじゃないかって

思ってるんです」

ミサキは宮田を睨んだまま無機質に言った。

「へえ」

宮田の顔には微かな笑みが浮かんでいる。

「どうせ頓珍漢だって笑うんでしょう」

「いや。おもしろい説だ」

「ホントですか?」

ミサキが目を輝かせた。

「おもしろくて噴きだしそうになった」

ミサキがまた頬を膨らませた。

「根拠はあるんですよ」

ミサキは先ほど曽根原に説明した根拠をもう一度、宮田にも説明する。

「『蒲団』は間違いなく花袋が書いてるよ」

ミサキの説明を聞き終えると宮田が言った。

「どうしてそう断言できるんですか?」

ミサキがやや強い口調で言う。

「だって岡田美知代自身が〝自分が書いた〟って一言も言ってないじゃないか」

「曽根原先生と同じ意見ですね」

「それはどうも」

宮田は曽根原にほんの少し顔を向け軽い会釈をした。

(私は誰の味方でもない。ただ真実の味方だ)

曽根原は自分の胸にそう言い聞かせた。

「でもですねえ」

曽根原と宮田を敵に回してもミサキは怯んではいない。

(その意気や良し)

曽根原はミサキを褒めてやりたくなった。

「なかなか言えるもんじゃないですよ」

ミサキは何かつまみを拵えているようだ。

「若い女性が年配の男性……それも田山花袋のように名を成した人物に逆らうように内部告発をする……かなり勇気の要る行為です。おいそれとできる事じゃないと思うんです。曽根原先生は立場的には田山花袋の側に立っているから盲点になってるんじゃないかしら?」

「なるほど」

その点は曽根原は素直に認めた。

「あたしは若い女性ですから岡田美知代の気持ちがよく判るんです」

その割には私に対してもズケズケとものを言う……そう思ったが曽根原は黙っていた。

「たしかに若い女性が師である年配の男性にものを言うのはハードルが高いかもしれない。だけど美知代の夫や兄が何も言っていないのはどうしてだ？」

宮田は追及の手を緩めない。

「夫や兄？」

「永代静雄は後に離婚したとはいえ美知代と結婚していたときに〝『蒲団』は彼女が書いた〟と告発しても良さそうなものだけどね。永代静雄は日本で初めて『不思議の国のアリス』を『アリス物語』として和訳したほどの人物だから花袋に遠慮などしないだろう」

「それは……」

「兄の実麿にしても夏目漱石の後任として旧制第一高等学校すなわち現在の東大の講師まで務めた人物だ。こちらも花袋に遠慮などしないと思うよ」

ミサキは宮田の言葉を受けとめ考えているようだ。

「それに田山花袋が死んでからも岡田美知代が何も言わないのは何故だ？」

宮田がミサキ説を粉砕しにかかる。

男性二人が若い女性一人を攻めている形だがミサキは一歩も引かない構えを見せている。

（かなり肝の据わった女性とお見受けする）

曽根原は感嘆した。

「矜持（きょうじ）じゃないかしら」

「矜持？」

曽根原は思わず訊き返していた。

矜持とはプライドの事だ。自分の能力を信じて抱く誇り。しばしば自分の職業意識に対する倫理観的な意味にも使われる。たとえば〝医師としての矜持〟ならば〝患者に必要な薬だけを勧める。それが医師としての矜持だ〟など。

（自分の考え、職業にプライドがあるから、人として、あるいは職業人として〝自分が間違っていると思うこと〟はしない……それが倫理観に繋がるのだろうが）

曽根原はそう分析していた。

「岡田美知代は矜持から花袋の死後も自分が『蒲団』を書いた事を言わなかったというのかね？」

「はい。たとえ相手が死んでも一度、言わないと決めた事は最後まで言わない。それが岡田美知代の人としての矜持だと」

「そういう立派な人もいるだろうね」

「ですよね！」

「だけど」

宮田はグラスをグイと空ける。

「『蒲団』が発表されて、そのモデルとされスキャンダルの洗礼を浴びた岡田美知代は後年〝わたしは、そんなふしだらな女ではなかった〟と文章に残している」

曽根原が頷く。

「もし自分が書いたのなら、その時にきちんと公表するんじゃないだろうか」

宮田の言葉にミサキは反論しない。

「いや、その前に自分が書いたのなら横山芳子を〝そんなふしだらな女〟には描かないだろう」

「納得です」

自分が言えば良かったと曽根原は少し思った。

「つまり『蒲団』も『田舎教師』も花袋が書いているんですね」

「その通りだ」

一件落着。

「よく判りました」

ミサキは一旦、納得すると「でも、だったらどうして恆存は花袋を貶したんでしょうか？」と反論する。

「別に貶したわけじゃないだろう。ただ自分の考えを述べたに過ぎない」

「あら。曽根原先生と同じ意見。珍しいですね。お二人が同じ意見だなんて」

「それが真実であれば不思議ではない」

曽根原は素っ気なく応える。

「文学作品に対する感想や評価は人それぞれだ。名声を得ている国民作家……たとえば夏目漱石の『坊っちゃん』や『吾輩は猫である』あるいは『こころ』『それから』『門』に、まったく魅力を感じない人や低い評価を下す人がいてもなんら不思議ではない」

「ですね」

「たまたま恆存は花袋を作家としては高評価していなかった。それだけの話だ」

ミサキは頷くと「里芋と筍の煮つけです」と言って肴を差しだす。

「林清三が晩酌の時に食べていたものです」

林清三……『田舎教師』の主人公か。

「うまい」

宮田よりも早く曽根原が言った。

「よかった」

ミサキはいつものように笑顔を見せると「『蒲団』を読んでいたら、こんな事が書いてありました」と次の一節を披露した。

――もう自分が恋をした頃のような旧式の娘は見たくも見られなくなった。青年はまた青年で、恋を説くにも、文学を談ずるにも、政治を語るにも、その態度が総て一変して、自分等とは永久に相触れることが出来ないように感じられた。

「それが？」

「どんな時代の人も〝今の若い人は自分たちの若い頃とは違ってしまった〟って思うものなんだなって」

「なるほど。実際に人類が変化し続けているのか、それとも、どの時代の年配者も自分の若い頃を忘れてしまうのかのどちらかだな」

「思い出は美化されるって言いますけどその類かしら？」

「どうだろうね。いずれにしろ田山花袋は自然主義文学の代表的作家であることに間違いはない」

「ですね」

「『蒲団』に『田舎教師』……。これだけのものを書きあげた田山は立派な作家だよ。少なくとも僕はそう思う」

「じゃあ宮田さんは花袋を評価しているんですね？」

「もちろんだ。最大限の評価をしているよ」

「最大限？」

「ああ。なにしろ花袋は日本のラノベの原点になる作家だからね」

「ラノベの？」

何を言っているのだ？　この男は。

曽根原の眉根が自然に吊りあがる。

「ラノベとはライトノベルの事かね？」

判ってはいるが宮田を試す意味でもあえて訊いてみる事にした。

ラノベとは英語のライト（軽い）とノベル（小説）を合わせた和製英語だ。読んで字のごとく〝ライトな小説〟というほどの意味だが明確な定義は確立されていない。日経BP社『ライトノベル完全読本』では《表紙や挿絵にアニメ調のイラスト（＝萌え絵）を多用している若年層向けの小説》と定義されているが。

「そうです。そのラノベです」

返事だけでは宮田がラノベに関してどれほどの知識を有しているかは判らない。

「あたし、ラノベも好きなんですよ」

宮田の代わりにミサキが説明役を買って出そうな雰囲気になった。

「君は明治から昭和の文学作品を熱心に読んでいるからラノベなどは読まないと思っていたが」

「そんな事はないです。あたし教科書で習うような作家の作品も好きですけどラノベも大好きなんです」

「意外だな」

「そうですか？」

よく考えればミサキ君のような若い女性が田山花袋を読んでいる方が意外か。

「読書の幅が広いね」

「女の子がとつぜん男子と同居するようになるとか、ちょっと現実離れした設定の作品が多いと思うんですけど、そこがいいんですよね」

ミサキがウットリとした顔をする。

ラノベは思春期男女の恋愛模様を扱った日常系や異能力や魔術、霊などの超常的な存在が身近に現れる非日常系など変幻自在の設定で読者を楽しませる。

冒険、バトル、ゲーム、異世界、働く男女、恋、百合など設定は多岐に亘る。

「曽根原先生はラノベは読まないでしょうね」

「そんな事はない」

「読むんですか？」

「ああ。学生たちの中にラノベを読んでいる者が何人かいるんでね。講義している者として学生たちが読むものを無視しては通れない」

「ご立派ですね」

ミサキは心底感嘆したような眼を曽根原に向ける。

（この眼だ）

この眼で見つめられると年甲斐もなくドキッとしてしまう。

「ラノベっておもしろいから。あたしが小説を評価する基準は、おもしろいかおもしろくないかだけなんです。曽根原先生にこんな事を言ったら怒られちゃいますよね」

ミサキはペロッと舌を出した。

（ミサキ君が舌を出したところを見るのは二度目だ。最初に見たときは〝実際にペロッと舌を出す人間を初めて見た〟という感想を抱いたはずだ）

曽根原は愚にもつかないことを思いだした。

「別に怒りはしない」

「ホントですか？」

「ああ。小説の読み方など自由だ」

「うれしい」

ミサキは両手を胸の前で合わせた。

「曽根原先生にそう言っていただけると自信が持てます」

曽根原は軽く頷いた。

「因(ちな)みに先生はどんなラノベを読んだんですか？」

「私が読んだのは野村美月の〝文学少女〟シリーズ、井上堅二の『バカとテストと召喚獣』、鎌池和馬『とある魔術の禁書目録』、伏見つかさ『俺の妹がこんなに可愛いわけがない』、支倉(はせくら)凍砂(いすな)『狼と香辛料』などだが」

「そんなに読んでるんですか？」

「まだまだあるが……。短期間にまとめて読んだよ。私の速読力ならラノベ一冊はほぼ一時間で読める」

「すごい」

ミサキは目を輝かせた。

「あたしは一時間半ほどかかっちゃいます」

大して違わないではないか。

「でも曽根原先生はチャーミングです」

「チャーミング？」

思わぬ方向から賞賛が飛んできた。

「はい。日本文学の重鎮(じゅうちん)の先生が若い人が読んでいるラノベを嗜(たしな)んでいるなんて」

「私はあらゆる知識を有している。それだけの事だ」

「尊敬します」

ている。

躊躇わず臆面もなく人を褒めることはミサキ君の特色の一つだろう。そう曽根原は思っている。

（たとえそれが商売上の手段だとしても）

その辺りは気にしないことにしている。

〝ライトノベル〟という言葉は一九九〇年代初めにパソコン通信ニフティサーブの〈ＳＦファンタジー・フォーラム〉において、それまでジュヴナイル、あるいはジュニア小説などと呼ばれていたソノラマ、コバルトなどの出版物に〝ライトノベル〟と名づけたのが始まりと言われている。

だが実は一九七七年（昭和五十二年）に発行された三島由紀夫『夜会服』（集英社文庫）の解説で篠田一士が〝ライト・ノヴェル〟という言葉を使っている。

――『夜会服』のような小説をライト・ノヴェルとよんでみたら、どうだろうか。ライト・ノヴェル。つまり、軽い小説ということだが、もちろん、軽小、軽薄のそれではなくて、軽快、軽捷の軽である。

篠田一士は続けて次のようにライト・ノヴェルを持ちあげている。

——ライト・ビールといえば、これはアルコール度の薄いビールを意味し、飲めば、かならず爽快感をもよおす。

つまりライト・ノヴェルも読めば爽快感を味わえるというわけだ。

「ところで」

ライトノベルの概要を頭の中でそこまで辿(たど)ると曽根原は宮田に顔を向けた。

「君は田山花袋の『蒲団』がラノベの原点などと馬鹿げたことを言ってなかったかね？」

「言いました」

躊躇いなく臆面もなく戯(たわ)けた説を開陳するところがこの唐変木(とうへんぼく)の特色か。

「冗談のセンスが君とは相容れないようだ」

「冗談で言ったわけではありません。事実だからそう言ったまでです」

「事実？」

曽根原の眉根が吊りあがる。

「『蒲団』は私小説の原点だ。それは確立された事実だ」

「ですよね。『蒲団』がラノベだなんてありえないです」

「どうして？」

「どうしてって……」

「私小説は自分の実人生を下敷きに書くものだ。ラノベは空想の世界に遊ぶ文学だ。両者は正反対の代物だよ」

「ですよね！　曽根原先生」

　ミサキは目を輝かす。

「百歩譲って『蒲団』は私小説でもあると同時にラノベの原点でもあるって説も成りたつのかなって考えが浮かんだんですけど両者は両立しないんですから成りたたないですよね」

「そういう事だ」

「念のためにお訊きしますけど宮田さんは『蒲団』のどの辺がラノベ的だと思ったんですか？」

「『蒲団』のあらゆる要素がラノベだと主張しているよ」

「たとえば？」

　戯言（ざれごと）につきあう必要はこれっぽっちもないと思ったが曽根原は思わず訊いていた。

「設定です」

　冗談で言っているわけではないらしく宮田は即答した。

「設定というと？」

「小説家の家に、ある日とつぜん少女が同居することになります」

「あ」

ミサキが思わず声をあげる。

「ラノベ的ですね」

ミサキ君……。

（あっという間の宗旨替えか）

曽根原はいささかガッカリしたがミサキは誰の味方でもなく真実の味方であることを思いだして気力を回復した。

（ただ……）

それはそれで問題がある。

（ミサキ君は〝『蒲団』がラノベの原点である〟というこの唐変木の戯けた説を認めている事になるではないか）

絶対に粉砕しなくてはならない。ミサキ君のためにも。

「ラノベって主人公の男の子がとつぜん女の子と同居するパターンってありますよね。藍上陸『アキカン！』や魁『死神のキョウ』とか」

「それもラノベの典型的な設定の一つだろう。だがラノベにはそれ以外の設定も無数にあるし逆に一般小説の中に〝主人公の男性がとつぜん女性と同居する〟話があってもおかしくはないだろう」

宮田は「もちろんそうです」と受けてから「では設定以外に〝ラノベの特徴〟って、どんなものがありますか？」と質問を重ねた。

「会話文が多い」

曽根原は即答した。森博嗣もラノベを《会話が多く読みやすく、絵があってわかりやすい》小説だと説明している。

「四六ページを見てください」

またページ数まで覚えているのか？　この男の特殊能力だろう。その点だけは認めざるを得ない。

ミサキは慌てたようにページを繰っている。

「セリフが多いですね」

該当ページを開くとミサキはすぐに言った。

「多いというか……。そのページはセリフ以外の地の文だけの行は一行しかない」

ミサキは素早く文章を目で追う。

「ホントだ」

「そのページだけじゃない。『蒲団』は全体的にセリフの多い小説だ」

ミサキは新潮文庫を曽根原に差しだした。

「曽根原先生。検証してください」

曽根原は新潮文庫を受けとると最初のページからパラパラとめくる。

「出だしこそ地の文が多いが徐々にセリフの割合が多くなってゆく印象だな」

曽根原は正直な感想を述べると文庫をミサキに返した。

「たとえば二九ページは全十七行中十二行がセリフです」

ミサキは該当ページを確認する。

「続く三〇ページは十一行がセリフ」

「その後も同じような調子でセリフが多いですね」

「六六ページに至っては地の文だけの行は二行しかない」

「当時の小説にしてはセリフがかなり多い印象ですね」

「続く六七ページも地の文は二行だけだ」

「たしかに多いですね」

「『蒲団』はセリフが多い。それは認めよう」

曽根原が言う。

「だが、それだけでラノベだと断定することはできない」

「ですよね。ラノベじゃなくたってセリフが多い小説はありますよね。某作家のバーミステリとか」

「だけど少女とつぜん同居するという設定はラノベの原点だと思わないか?」

「設定自体はそうですけど……」

「肝心のイラストがないではないか」

「あ、ホントだ」
Q.E.D.。
「ラノベと言えばイラストですもんね」

「イラストはありますよ」

「え？」

ミサキが声をあげる。

「花袋は自作に附される口絵や挿絵の内容を画家に指示したりしています」

「そうなんですか？」

「ああ。もっとも挿絵は花袋に限らず『源氏物語絵巻』からの伝統とも言えるだろうけど」

これには曽根原も反論しない。

「設定もラノベ的だしセリフも多い。イラストも入っている。やっぱり『蒲団』はラノベの元祖なのかしら」

「ライト・ノヴェルという言葉こそ篠田一士の文庫解説を待たなければいけなかったけど内容的には田山花袋こそラノベの原点と言っていいだろうね」

この男は篠田一士がライト・ノヴェルという言葉を使ったことを知っていたのか。

(侮れない)

だが……。

「ラノべの原点は少女小説だと認識している」

曽根原はあくまで抵抗する構えを見せた。

「少女小説のヒット作である今野緒雪『マリア様がみてる』は多くの男性読者を獲得した。つまり少女小説はラノべ化した」

「言えてるかもしれませんね」

ミサキが曽根原に同調する。

「そして少女小説の発祥は『蒲団』よりも遙かに古い」

「あ」

またもやミサキが声をあげる。

(少しわざとらしい声のあげかたにも思えたが……?)

曽根原は気にしない事にする。

「ラノべの原点は『蒲団』よりも古かった……」

ミサキが惚けたような顔で呟く。

(この唐変木に最後通牒を渡すように)

曽根原はミサキと宮田に交互に視線を送る。

「ラノベと少女小説は別のものですよ」

だが宮田は平然と言い放った。

「この期に及んで言い逃れかね？」

曽根原は痛烈な皮肉を返す。

「言い逃れではありません。曽根原先生もご自身で〝少女小説のヒット作である今野緒雪『マリア様がみてる』は多くの男性読者を獲得した〟と仰ってるじゃありませんか」

「言っているが……それが？」

「つまり基本的には少女小説は女性が読むものでラノベは男性読者のものなんです」

罠にかかった！

曽根原はほくそ笑んだ。

少女小説は女性が読むもの、ラノベは男性が読むものなどとはジェンダーの観点からも言ってはならないし、また事実でもない。少女小説もラノベも男女双方の読者がいる。

「もちろん今はそんな区分は無用になりましたけどね」

こちらの攻撃点を塞ぎに来たか？

「未だにラノベ読者の男女比は九：一で圧倒的に男性に読まれていますが、その話はやめましょう。それはあくまで分析であって分類ではありませんから。でも少女小説が生まれた時代は分類があったのではないですか？」

「昔はそうだったでしょうねえ」

「名前からしてそうでしょう。少女小説ですから」

「たしかにそうですね！」

ミサキがポンッと両の手を合わせた。

「あ、でも思わず〝昔はそうだったでしょうねえ〟なんて言ってしまいましたけど少女小説ができたのっていつ頃なんですか？」

「吉屋信子のいた時代」

曽根原が文芸雑誌の特集タイトルのように呟いた。

「え？」

「吉屋信子。『花物語』などで知られる主に大正時代に活躍した小説家だ。特に少女向けの雑誌に発表した小説は中原淳一の挿絵と共に少女たちから絶大な支持を得た」

「そうなんですか」

「吉屋信子は朝ドラの主人公に添えたらさぞおもしろかろうという魅力的な人物で一九一九年（大正八年）に発表した『屋根裏の二處女』では自らの同性愛体験を明かしてもいる」

「朝ドラは無理じゃないですか？　少なくとも今は」

ミサキは冷静な意見を述べた。

「観てみたいですけど……大人の土ドラならいけるかも」

そこは分析しなくていい。

「でも大正時代に活躍したって事は少女小説の誕生は大正時代ですか」

「明治三十五年（一九〇二年）に日本初の少女向け雑誌〈少女界〉が創刊されている」

「明治時代！」

「それ以降も〈少女世界〉や〈少女の友〉など明治時代に多くの少女向け雑誌が創刊されて、それらの雑誌には少女向けの小説が掲載されていた」

「それが少女小説？」

「そういう事になる。つまり少女小説の発祥は明治時代だ」

「勉強になりました」

ミサキが曽根原を見つめてしみじみと言う。

（この空気は悪くない）

だが曽根原はミサキの視線を受けとめる勇気が持てず〈尾瀬の雪どけ〉の入ったグラスを見ながら「その後も少女小説は恒（つね）に需要があった」と続けた。

「〈少女の友〉に昭和四年から連載されてベストセラーになった横山美智子の『嵐の小夜曲（セレナーデ）』は五十四版もの増刷を重ねて〝講談社のビルはこの本のおかげで建った〟とまで言われたものだ」

「そんなに！」

ミサキは大袈裟に驚いて見せた。

「集英社ビルの階段が〝リンかけ階段〟って呼ばれたようなものかしら？」

それは知らないが……。曽根原はミサキの言葉を無視して話を続ける。

「その後、少女漫画ブームを経て少女小説が勢いをなくした後にジュニア向けの小説誌〈小説ジュニア〉が創刊され続いてソノラマ文庫も創刊。このソノラマ文庫の創刊を以てラノベの発祥とする説もある」

「曽根原先生、お詳しい」

文学者に対して文学のことをお詳しいと褒めるのはいかがなものか。

（まあいい。ミサキ嬢はきっと〝文学界の重鎮である曽根原先生がライトノベルにまでお詳しいなんて〟という驚きを口にしたのだろう）

曽根原はそう納得すると話を続ける。

「さらに集英社文庫コバルトシリーズも発刊された。こちらをラノベの発祥と見る説もある」

「氷室冴子や新井素子などの女性作家も人気でしたね」

「新井素子の女の子の一人称〝あたし〟で綴られる文体は一世を風靡した」

「〝あたし、感じちゃうんです〟とか！」

それは別の作家だろうと思ったが曽根原は気にしない事にした。

「ラノベというジャンルに、それ以前からあった少女小説が併合された形なのかしら？」

「その通りだ」

なぜこの唐変木が断定する？

「ちなみに」

ミサキはそこまで言うと曽根原を見た。

「『蒲団』をラノベ風のタイトルにしたらどうなると思います？」

「え？」

とつぜん振られても……。

「まったく思いつかないが」

曽根原は正直に答えた。

「宮田さんは？」

宮田は言葉では答えずに小さく肩を竦めた。

「あたしだったら……そうですねえ」

ミサキは右手の人差し指を立てて頬と顎の間辺りに当てた。

（別に訊いてないが）

それでもミサキは真剣に考えている様子だ。

「『文学少女の育てかた』なんてどうかしら？」

野村美月の〝文学少女〟シリーズと丸戸史明『冴えない彼女の育てかた』を合成しただけの安直な発想だが内容は合っている。

「いいんじゃないか?」

宮田が言った。

「ホントですか?」

宮田は里芋の煮つけをパクつきながら頷く。

「よかった。『蒲団』が『文学少女の育てかた』だったら川端の『伊豆の踊子』は『伊豆の踊子は笑わない』かしら」

合ってなくもない、か。

「じゃあこれは判ります?」

出題?

「『この料理店は注文が多すぎる』……曽根原先生」

「え、私?」

「そうですよ」

「それは……宮沢賢治の『注文の多い料理店』だろう」

「正解!」

誰でも判ると思うが。

「じゃあ今度はこれ。『穴に落ちたら河童の国だった件』……宮田さん」

なぜ仕切る？

「芥川龍之介の『河童』」

宮田は苦笑しながらも答えた。

「正解。これで一対一です」

戦ってんのか？

「『とある蟹工船の禁書目録』……曽根原先生」

「小林多喜二の『蟹工船』」

「正解」

私の方が若干、易しくないか？　問題。

曽根原はそう思った。

（そうか。ミサキ嬢は私に勝たせたくて……）

曽根原の心が微かにざわつく。

「『やはり俺は恥の多い人生を送っている』……宮田さん」

「太宰治『人間失格』」

「正解です」

どちらも簡単か。

「今度は早い者勝ちです」

クイズを本格化させないでほしい。

「『マドンナとテストと無鉄砲』」

「それは……」

「曽根原先生が早い」

「漱石の『坊っちゃん』」

「正解です！　すごい」

ちょっと嬉しい。

「では次。『俺の彼女が十年後の今月今夜の月を覚えているはずがない』」

「尾崎紅葉の『金色夜叉』？」

「正解です」

やった。曽根原は心の中でガッツポーズを決めた。

「『NiziU4の瞳』」

「壺井栄『二十四の瞳』」

「宮田さん正解。では次の問題です。『ある日、気がついたら虎になってたんですけど？』」

「それは……中島敦の『山月記』」

「正解。曽根原先生二ポイントリードです」

あと何問残ってるんだ？

「『親の仇を探しあてたら一人でトンネル掘ってたんで手伝っちゃいました』」

「ええと」

「菊池寛『恩讐の彼方に』」

「正解です」

いま答えようと思ったのに。

「『日本に帰れなかった俺はビルマで竪琴を弾いている』」

「竹山道雄『ビルマの竪琴』！」

しまった。声が大きくなってしまった。

「正解です」

冷静に答えないと。

「『嘘つきナオミと壊れた譲治』」

「谷崎潤一郎『痴人の愛』」

「正解です」

冷静に答えられたと曽根原は安堵した。

「最後の問題です」

よかった。これで私の勝ちが確定した。たしか三点ほど勝ち越しているはずだ。

「最終問題は得点が五倍になります」

え、嘘。

「『ブッディスト・ペア』」

ええと……。

「倉田百三『出家とその弟子』」

「宮田さん正解です！　逆転です」

馬鹿らしい。

怒るのも大人げないが自然に仏頂面になる。

「『蒲団』ほどではないにしても文学作品には多かれ少なかれラノベ的な要素があるのかしら？」

「ラノベ自体が多ジャンルに分かれている以上、過去の名作群の中にラノベ的要素——ラノベ読者の大半を占める男子読者の心を摑むような要素——が含まれている作品があったとしても不思議じゃないね」

「でもラノベは男子読者だけじゃなくて少女小説とも合流しているんですよね？」

「たしかにラノベは別ジャンルの少女小説を飲みこんでしまった。だけど読者層は相変わらず男子が圧倒的に多いんだ」

「そういえばラノベって男子目線のものが多いですよね。冴えない男子の家にとつぜん可愛い女の子が同居するようになったり」

まさに『蒲団』の世界か。

「非モテ系男子がとつぜん可愛い女子にモテモテになったり強くなったり。これって男子の願望なのかしら？」

なぜ私に視線を向ける？　曽根原はムッとした。

（これでは冴えない男子、非モテ系男子の気持ちを当事者である私に訊いているような形ではないか）

意地でも答えないぞと曽根原は田山花袋に誓った。

「男性読者は夢を見てるのかもしれませんね。もはや〝少女病〟とも言える少女にモテる夢」

「悪い事とも思えないが？」

しまった。これでは少女病男子をその代表として擁護してしまった形だ。

「同感です」

なに？

（この唐変木が私の擁護に回った？）

曽根原は宮田の次の言葉を待つ。

「ある意味、小説はすべて妄想だと言えます」

「小説が妄想ですか？」

「ああ。すべて現実そのものではなくて作者の想像の産物だからね。小説に限らず漫画や映画、ドラマ……すべての物語は妄想だろう」

「すべての物語が……」

「〝少女病〟はその想像の一形態にすぎない」

川端康成も谷崎潤一郎も特異な愛の形を芸術に高めていたっけ。

（いや、数が少ないからといって特異と決めつけるわけにはいかないか）

曽根原は考えを巡らす。

（それも愛、これも愛……ただそれだけだ）

曽根原の脳内に松坂慶子のバニーガール姿が浮かんだ。

「それに」

宮田が〈尾瀬の雪どけ〉を飲みほした。

「まさに花袋は『蒲団』と同時期に『少女病』という小説を書いている」

「え？」

「当時はラノベという言葉こそなかったけど花袋はしっかり〝ラノベ的なもの〟を自覚して書いていたんだ」

「少女病……」

「『蒲団』は一方で私小説の原点となったけど、もう一方でラノベの流れも確実に作っていたんです」

そう言うと宮田はカシスシャーベットを注文した。

第三話　梶井基次郎　～時計じかけのレモン～

店のドアを開けるとバーテンダーのミサキが顔を輝かせて「感激しました！」と曽根原に言葉を放った。

「何に感激したのかね？」

スツールに坐り渡されたおしぼりを受けとり顔に当てながら曽根原は訊いた。

「曽根原先生の今日の講演です」

「え、あれを聴いたの？」

梶井基次郎をテーマにした講演だったが広い会場で満席に近かったのでミサキが来ていたことに気がつかなかった。

「はい。それで、もう感激しちゃって」

意外だった。店では客を喜ばす言葉を惜しみなく吐くミサキだったが言葉はタダだ。タダだから店の利益になるように客にお世辞を言うことも厭わない……そう思っていた。

（だが……）

講演会は無料ではない。二六〇〇円という入場料がかかる。そればかりではない。何より自分の時間も割かなければならない。

（その犠牲を払ってまでミサキ君は聴きに来てくれたのか）

私の方こそ感激だ。曽根原はそう思った。

「君は私のために時間を割いてくれたのか」

「とんでもない」

「え？」

私のためではなかった……。曽根原はいささか気落ちした。

「自分のためです」

「君自身のため？」

「はい。どうしても聴きたかったんです。曽根原先生の講義」

「そこまで……」

曽根原の気持ちは瞬時に回復した。

「曽根原先生は日本文学界の第一人者……重鎮（じゅうちん）ですし先生の講義はためになります。それはこのお店の雑談でも証明されています」

「そうか」

さらに嬉しいことを言ってくれる。

（私を喜ばすために無理して時間を割いたのではなく純粋に自分が聴きたいから来た……）

学者冥利を刺激してくる物言いだ。

「曽根原先生の講演を聴いて『檸檬』がより一層大好きになりました」

「そう言ってもらえると講演をした甲斐があるというものだ」

「ありがとうございます」

ミサキは深々と頭を下げる。

今日の講演は梶井基次郎についてだったが『檸檬』に関しては特に念入りに解説した。

梶井基次郎は主に一九二〇年代～大正末期から昭和初期～に執筆活動を行った日本の小説家だ。

代表作の『檸檬』は教科書にもたびたび採りあげられる人気作だ。

『檸檬』のあらすじは次の通り。


主人公の〝私〟は鬱屈した気持ちを抱えながら生きている。その気持ちを紛らすために京都の町を散策しているときに果物屋に売られていたレモンに心を惹かれて購入する。

手のひらに載せたレモンに手応えを感じた〝私〟はさらに歩き続け大型書店〈丸善〉に足を踏みいれる。〈丸善〉の画集コーナーで次々に画集を取りだしては平台に積んでゆく。最後はその積みあげられた画集のてっぺんに果物屋で購入したレモンを載せて店を出てゆく。

「『檸檬』って単純な話なんですよね」

曽根原は頷く。

「レモンサワーです」

ミサキがタンブラーグラスを曽根原に差しだした。

(『檸檬』だからレモンサワーか)

相変わらず注文も訊かずに勝手に品を出してくるシステムは感心しないが、この店に限っては曽根原は気にしないことに決めている。

「本気のレモンサワーです」

「本気の？」

「本気と書いてホンキと読みます」

そのまんまだろと思ったが口には出さない。ミサキの意図が読みとれないからだ。

「無農薬ノーワックスの国産レモンの皮をウォッカに漬けこんで作ったレモンサワーです」

「たしかに本気のようだね」

「飲んでみてください」

曽根原は言われるままにグラスを口に運んだ。

「うん。おいしいね」

「そう言っていただけてホッとしました」

「質のいいレモンを使っているだけの事はある」

「レモンの和名って何なんですか？」

「和名？」

「はい。レモンは英語ですよね」

「レモンは外来種だから和名はないよ」

「そうなんですか」

「強いて言えば〝レモン〟が和名という事になるが……。シトロンになら和名がある」

「シトロン？」

「レモンの近縁種だ。シトロンは日本在来種だからね」

「そうなんですか。シトロンの和名は何て言うんですか？」

「枸櫞だ」

「クエン？」

「そう。枸櫞の果実から取れる酸をクエン酸という」

「あ」

「クエン酸なら知っているだろう」

「果物の名前だったんですね」

「そういう事だ」

「では肴にはレモンをかけてカツレツをどうぞ」

「カツレツ？」

「重かったかしら？」

「いや。お腹が空いていたところだ」

「よかった。本気のカツレツです」

今夜のミサキ嬢は本気モードなのか？

カツレツとは本来牛肉や豚肉、鶏肉にパン粉を塗(まぶ)して多めの油で揚げ焼きにした料理だ。フランス語で仔牛や羊などの骨付き肉を指す〝コートレット〟が名称の由来とされている。

「トンカツは完全に揚げた肉ですけどカツレツは揚げ焼きなんですよ」

そう言いながらミサキが小皿に載せた二切れのカツレツと一切れのレモンを提供する。

「お気に召したら、じゃんじゃん注文しちゃってください」

きつね色に揚げ焼きされたカツレツに食欲をそそられ曽根原はレモンを搾(しぼ)り箸を伸ばす。

「うん。うまいね」

曽根原はミサキのカツレツを気に入った。二切れめのカツレツに箸を伸ばしたとき「でも本当に印象的な作品ですよね」とミサキが話を戻す。

「『檸檬』か」

「はい。印象的だと思います」

『檸檬』をそのような言葉で評した学生を曽根原はあまり知らなかったが言い得て妙だと思った。

（ミサキ嬢は、やはり鋭い感性の持ち主だ）

その点も曽根原はミサキを評価している。

「丸善という有名本屋さんの書棚にレモンを置くなんて、なかなかできない発想だと思うんです」

丸善は社名を丸善雄松堂株式会社という明治二年（一八六九年）に東京日本橋(にほんばし)で創業された大手書店である。現在は出版業など幅広い業務を手がけ、また大日本印刷の子会社である丸善ＣＨＩホールディングスの子会社となっている。

「なかなかできない発想……たしかにその通りだ」

だから人々の心に印象を残し人気がある。

「曽根原先生のお話を聞いて、どうして『檸檬』がこれほど人々の心に響くのかが判った気がします」

曽根原は頷いた。

「不安……だったんですね」

「その通りだ。『檸檬』の主人公は不安を抱えている」

――焦燥と云おうか、嫌悪と云おうか

「最初のページから陰鬱な主人公の心理が巧みに描かれています」

「しかし考えてみれば現代に生きる我々も多かれ少なかれ不安を抱えているものだ」

「本当にそうですね。だから読者の心に『檸檬』は刺さる」

曽根原は頷く。

「でも曽根原先生」

「何だね？」

〝でも〟という接続詞は嫌いだ。

「あたしは『檸檬』に関して、もう一つの解釈も考えているんです」

「もう一つの解釈？」

「はい。『檸檬』が人々の心を捉えたのは曽根原先生の仰(おっしゃ)る通り不安だと思うんです。でも、あたしは曽根原先生の分析と矛盾しない形で、もう一つの隠された解釈を見つけたんです」

「私の分析と矛盾しない形で？」

「はい。矛盾しません」

WOWOWで連続ドラマ化決定！
連続殺人犯と新聞記者の緊迫した紙上戦

Ippongi Toru

一本木 透

【創元推理文庫】定価792円 E

だから殺せなかった

劇場型犯罪と報道の行方を描出した
第27回鮎川哲也賞優秀賞受賞作

新聞記者に届いた一通の手紙から始まる連続殺人犯との対話は、始まるや否や苛烈な報道の波に呑み込まれていく。絶対の自信をもつ犯人の真の目的は。

photo:kawamura_lucy/Getty Images

最高の結婚も王室の危機も、どうぞお任せください！

王女に捧ぐ身辺調査

ロンドン謎解き結婚相談所

アリスン・モントクレア 山田久美子 訳

【創元推理文庫】定価1320円 E

わたしたちがフィリップ王子の身辺調査をするの⁉　元スパイのアイリスと上流階級出身のグウェンに持ちこまれた驚愕の依頼。英国王室の危機を救うために奔走する女性コンビを描く第二弾！

伝説的スペースオペラ・シリーズ、新訳決定版！

大宇宙の魔女

ノースウェスト・スミス全短編

C・L・ムーア 中村 融、市田 泉 訳

■創元ライブラリ

戦場の希望の図書館

瓦礫から取り出した本で図書館を作った人々

デルフィーヌ・ミヌーイ／藤田真利子 訳

定価990円 Ⓔ

政府軍に抵抗して籠城していた、シリアの首都ダマスカス近郊の町ダラヤの人々。瓦礫から本を取り出し、地下に「秘密の図書館」を作った人々を描く感動のノンフィクション！

■創元SF文庫

戦争獣戦争 上下

山田正紀

定価各880円 Ⓔ

漂流叛族から選ばれた超人〈異人〉のみが扱える、戦争が生み出す膨大なエントロピーを糧に成長する四次元生命体〈戦争獣〉。奔放な想像力が生んだ傑作ハードSF遂に文庫化。

SFマンガ傑作選

福井健太 編

定価1540円

萩尾望都、手塚治虫、松本零士、筒井康隆、佐藤史生……一九七〇年代の名作を中心に十四編を収めた、傑作SFマンガ・アンソロジー！　編者によるSFマンガ史概説も充実。

※価格は消費税10％込の総額表示です。 Ⓔ印は電子書籍同時発売です。

■ミステリ・フロンティア　四六判仮フランス装

コージーボーイズ、あるいは消えた居酒屋の謎

笛吹太郎　定価1760円 Ⓔ

居酒屋が消えた？　引き出しのお金が突然増えていた？　気軽に謎解きを楽しみたいと思っていた皆さんへ贈る、ユーモラスなパズル・ストーリー七編。期待の新鋭のデビュー作。

■単行本

ガラスの顔

フランシス・ハーディング／**児玉敦子 訳**　四六判上製・定価3850円 Ⓔ

人々が《面(おも)》と呼ばれる表情を顔にまとって暮らす地下都市を舞台に、はねっかえりの少女が、国をゆるがす陰謀に巻き込まれる。名著『嘘の木』の著者による冒険ファンタジイ。

■創元推理文庫

影のない四十日間 上下

オリヴィエ・トリュック／**久山葉子 訳**　定価各1100円

トナカイ牧夫が殺害された。一年の内四十日間太陽が昇らない極北の地で起きた事件に国境を跨ぐ特殊警察コンビが挑む。フランス批評家賞他二十四の賞を受賞した傑作ミステリ。

時代を創る書き下ろしアンソロジー。第十二回創元SF短編賞正賞・優秀賞受賞作を収録。

「どんな解釈だね?」

思わず訊いてみたくなった。

「爆弾です」

「爆弾?」

「はい。主人公が丸善に置いたレモンは実は爆弾だったんじゃないかって」

そういう事か。

毎年ひとりぐらいはレモンは本物の爆弾のことだと解釈する目端の利いた学生がいるものだ。だが、いずれにしろ単なる思いつきに過ぎない。

(ミサキ君の場合は……)

できの良い学生にも劣らない勘の良さを持っている。

(知識と分析力もある)

聞いてみる価値はあるか。

「なぜそう思う?」

「キイワードが暗示しています」

「キイワードとは?」

「はい。花火と城壁です」

「ふむ」

「『檸檬』の冒頭から程なくすると〝花火〟という言葉が出てきます。そして『檸檬』の最後から逆に数えて二ページめには〝城壁〟の言葉が出てきます。〝花火〟は爆発をイメージさせますし〝城壁〟もテロリストが籠もるアジトのイメージがありませんか？」

「そう見ようと思えばそう見えなくもないが」

「それに何より形です」

「形？」

「はい。レモンの形。手榴弾(しゅりゅうだん)に似てませんか？」

「言われてみれば……」

「似てますよね⁉」

「たしかに」

「やった！」

形に注目した学生はいなかったなと曽根原は思った。

「とどめは梶井基次郎自身が作品内に〝爆弾だ〟って明記していることです」

最終ページ。

——丸善の棚へ黄金色(こがねいろ)に輝く恐ろしい爆弾を仕掛て来た奇怪な悪漢が私

「たしかに明記されているが」

曽根原はレモンサワーを一口飲む。

「同時に〝爆弾ではない〟とも明記されている」

――奇怪な悪漢が私で、もう十分後にはあの丸善が美術の棚を中心として大爆発をするのだったらどんなに面白いだろう。

「〝レモンが爆弾だったら〟と主人公は想像しているわけだ。あくまで想像であって本当に爆弾なのではない。そのことも明記されている」

「それはそうなんですけど」

ドアが開いた。

振りむかなくてもそれが宮田だと曽根原には判った。ミサキの表情で。

（おもしろくない）

曽根原はそのまま振りむかずにグラスに手を伸ばす。

「レモンサワーを飲んでいるところを見ると今日の議題は梶井ですか」

相変わらず勘は良いが〝梶井〟と通ぶった話しっぷりが気に障る。

「すごい」

ミサキの素直さも、こんな場合は恨めしい。

宮田はスツールに坐ると「僕も同じものを」と頼んだ。

「君もとうぜん梶井は読んでいるんだろうね」

この男の過去の読書歴からすればとうぜん読んでいるだろう。

「読んでいません」

「なに？」

思わず訊き返した。

「読んでないんですか？」

ミサキにとっても意外だったようだ。

「読んでない」

「君は近代文学史をお浚いしたと豪語していなかったかね？」

「ほとんどお浚いしたんですが梶井基次郎までは手が回りませんでした」

口ほどにもない、という言葉が出かかったが危ういところで飲みこんだ。

（素人相手にムキになっては文学界の重鎮としての沽券に関わる）

そう思ったのだ。

「いま読んでみます？　ここにありますよ」

「そんな簡単に読めるの？」

「読めますよ。短いですから」

そう言うとミサキはカウンターの端のブックエンドから一冊の文庫本を取ってレモンサワーよりも早く宮田に渡した。

「新潮文庫の短編集『檸檬』の第五十五刷りです。冒頭の一編が表題作の『檸檬』です」

宮田は該当ページを確認する。

「ホントだ。九ページ分しかないからすぐに読めるね。目次や中表紙などがあって『檸檬』は八ページめからか」

そう言いながら宮田はすでに読み始めたようだ。ミサキがレモンサワーを差しだすと引き替えのように宮田は文庫本を返した。

「ありがとう」

「読み終わったんですか？」

「ああ」

「速い」

普通だ。

「その速さで熟読、味読できるんですか？」

お。ミサキ君がこの唐変木(とうへんぼく)に皮肉を放った。

（それとも純粋な疑問か？）

ミサキの場合はよく判らない。

「できる」

宮田は妄想と思える自分の考えを即答した。

（チャンチャラおかしい）

曽根原は昭和っぽい感想を抱いた。

「すごいですね」

ミサキが宮田の妄想を鵜呑みにしているのが悔しい。

（ここは、この男の言葉が妄想に過ぎないということを暴いてみるか？）

そんな考えが頭を過ぎる。

「で、どうですか？　感想は」

「おもしろい」

凡庸で簡単すぎる感想を恥ずかし気もなく即答するところは滑稽でもある。

「よかった。あたしの好きな『檸檬』を宮田さんも好きになってくれて」

悔しい。それと〝おもしろい〟からと言って必ずしも〝好き〟とは限らないという点も指摘しておきたい。実際に指摘はしないが。

ミサキは何も言わずに宮田にもカツレツを差しだした。宮田も異議を唱えることなくそれを受けいれている。

「カツレツは梶井の好物だったらしいね」

そうだったのか。

「それで……『檸檬』のどんなところが、おもしろかったんですか?」

「本屋の平台にレモンを置くという発想が斬新でおもしろい」

「ですよね」

ミサキが目を輝かせる。

「あたし、そのレモンは実は爆弾じゃないかって思ったんです」

「え?」

珍しく宮田が驚きの声をあげる。

「やった。宮田さんを驚かせた」

ミサキのこの無邪気さは天然なのか演技なのか。

「驚くよ。だってそんな事はありえないじゃないか」

そういう驚きか。

「どうしてですか?」

「だって〝レモンが爆弾だったらどんなに面白いだろう〟って明記されてるじゃないか」

私と同じ意見か。

曽根原はミサキに目を遣る。

ミサキは頰を膨らませている。

(かこ)

可愛いという感想を曽根原は封印しにかかる。

「作者の気持ちを作品の中の何かに象徴させることは小説ではよくある事ですよ」

ミサキが宮田に反論した。

「それはよくあるけど爆弾は気持ちじゃなくて物体そのものじゃないか。もし主人公が本当に爆弾を置いたのならそう明記するよ。〝どんなに面白いだろう〟なんて想像の話にはしない」

その通りだ。

「だいたい主人公はレモンを果物屋で買っているしね。レモンが何かを象徴しているのならそれは爆弾ではなくて君の言ったとおり気持ちだろう。レモンは気持ちを象徴している」

「どんな気持ちですか?」

「梶井の履歴を読ませてくれ」

「解説に詳しく載っています」

そう言いながらミサキはもう一度『檸檬』の文庫本を宮田に渡す。宮田は文庫本の末尾をめくる。

梶井基次郎は明治三十四年(一九〇一年)大阪に生まれた。

若い頃から読書家で特に夏目漱石を耽読（たんどく）した。

高校に入学して翌年に肋膜炎を患（わずら）い休学。後に肺尖（はいせん）カタルと診断され、これが生涯の持病となる。

元々はエンジニア志望だったが療養地でさらに文学に親しんだこともあり小説家を志すようになる。

休学もあり高校を五年かかって卒業すると東大文学部英吉利（イギリス）文学科に入学して上京する。

やがて仲間たちと同人誌〈青空〉を創刊し『檸檬』はこの〈青空〉に発表される。自信を持って発表した『檸檬』だったが文壇ではまったく注目されなかった。

昭和七年（一九三二年）一月〈中央公論〉新年号に『のんきな患者』を発表後、腎臓などの病状が悪化して逝去。三十一歳だった。

梶井基次郎の作品は『のんきな患者』を除いて、すべて同人誌に発表されたものだった。

「なるほど。そういう事か」

そう言うと宮田は文庫本を閉じてミサキに返した。

「梶井基次郎の履歴が判ったんですか？」

「履歴というか……ぜんぶ判ったよ」

「全部？」

「ああ」

「全部って何ですか？」

「全部は全部だよ。『檸檬』の意味。『檸檬』の中に登場するレモンが象徴しているもの」

「それが判ったの？」

「ああ」

珍しくミサキが客に対してぞんざいな口を利いたので宮田の言葉によほど驚いたのだろうと曽根原は推測する。

「曽根原先生は『檸檬』が意味するものは主人公ひいては現代人が抱える不安だと看破されましたけど一読しただけで宮田さんはその深度にまで達することができたのかしら？」

口調は戻った。

「不安か」

「人が誰しも抱いている不安です。と言っても宮田さんには不安はなさそうだけど」

宮田はミサキの言葉には応えずに「『檸檬』に描かれているのは、はたして不安だろうか？」と話を続けた。

「なに？」

曽根原が反応する。

「どういう事かね？」

唐変木と議論などするだけ無駄だし馬鹿馬鹿しいが思わず訊いていた。聞き捨てならぬほどの暴論だと感じたからだ。

「宮田さん。『檸檬』には不安が描かれているに決まってるじゃないですか」

宮田が答える前にミサキが曽根原の援護射撃をする。

（いいぞ）

援軍の参加に曽根原はほくそ笑む。

「どうして決まってるんだ？」

「そんなのすでに確立された文学界の常識ですよ。ねえ曽根原先生？」

曽根原は頷く。

「常識が正しいとは限らない」

「なに？」

曽根原の眉がピクリと動く。

「駅やデパートのエスカレーターでは片側を開けるのが常識になっている」

「もちろんそうですよ。急いでいる人が通れるように」

「ところが鉄道各社では〝危険ですのでエスカレーターでは歩かないでください〟というプレートを出しているところが多い」

「そういえば見た事があるような」

「エスカレーターでは片側を開けないで、つまり歩いたりしないで両側に立ち止まったたまま乗っているのが正しいんだ。だから〝エスカレーターでは片側を開ける〟という常識は間違っている」

「常識も間違っている事があるんですね」

悪びれないところがミサキの美点の一つだろう。それは認める。だからといってこの男の戯言を鵜呑みにしている事は看過できない。

「君は『檸檬』に不安以外の何が描かれていると言うのかね？」

「テロです」

「テロ？」

「え、やっぱり宮田さんもレモンは爆弾だと思ってるんですか？」

「そう。レモンは爆弾だ」

「馬鹿馬鹿しい」

声に出してしまった。

（だがいい。それで議論を終わらせる事ができるのなら。レモンが爆弾などとは簡単に論破できる）

曽根原はお愛想の用意をする。

「でも宮田さんはさっき、あたしのレモン＝爆弾説を否定しましたよね？」

「そう。レモンは爆弾だけど本物の爆弾じゃない」

「どういう事ですか」

「レモンは文壇に投げこまれた爆弾なんだよ」

「文壇に？」

曾根原は財布を取ろうとした手を止めた。

「ああ」

「文壇にどうして爆弾を投げこむんですか」

「自分の存在を知らしめるためだ」

「自分の存在……。じゃあ爆弾っていうのは……」

「梶井基次郎が書いた小説そのものだ」

「小説……」

比喩的な意味での〝爆弾〟だったのか。だが間違いであることには変わりない。

「あたしには何がなんだか」

「いま梶井の小説と履歴を読んで判ったんだ」

いま読んで判ったとは……。

呆れてものも言えない。今まで様々な文学者が研究して掘りさげて到達した結論を〝いま読んだ〟程度の知識と推考で覆そうなどとは狂気の沙汰だ。

「何が判ったって言うんですか？」

ミサキの質問には非難の色が含まれている。曽根原はそう感じた。

（今度は純粋な好奇心からの質問ではない。宮田の説は間違いだと決めた上での非難の意味の質問）

そうに違いない。

「梶井は文壇デビューを熱望していた」

ミサキが曽根原に顔を向ける。

（その姿勢や良し）

曽根原は心の中で頷く。

（素人が提供した情報が正しいかどうか専門家に確認する）

その当たり前のことが判っていない素人が多すぎると曽根原は常々思っている。

（その当たり前のことをミサキ君は弁えている）

しかもその姿勢は〝宮田＝素人〟かつ〝曽根原＝専門家〟という構図を明確化する。

そこまで思考を進ませると曽根原はようやく「その通りだ」とミサキの質問に答えた。

「そうなんですね」

ミサキは納得した。

「でも、そんな事が書いてありましたっけ？　あたしもこの文庫は巻末まで読み通したんですけど」

「二七八ページに夏目漱石と谷崎潤一郎を愛読した梶井が梶井漱石、梶井潤二郎と記した書簡を残している事が書かれている。これは梶井が作家になることを熱望していた一つの傍証になると思う」

「なるほど～」

「直接的にも解説を書いている淀野隆三氏——この人は梶井の同人仲間だけど——が《東京では二度と再び迷いはしなかった。文学的精進があるばかりである》《文学に対する熱意の熾烈だったこと》を記している」

「そうでした」

ミサキはレモンサワーを一口飲む。相変わらず自分の分も作っているミサキである。

「梶井が文壇デビューを熱望していたことは納得しました。でも文壇デビューを熱望していると、どうしてレモンが自分が書いた小説という事になるんですか？」

「芸術作品というものには比喩が使われている」

「判ります。そうでない芸術作品もあるんでしょうけど大抵は比喩によって何かを伝えようとしていますよね。たとえば……」

ミサキが曽根原をチラリと見た。

（助け船を求めているのか）

曽根原はミサキの要望に応えることにした。

「芸術において最も顕著に比喩が使われる分野は詩作だろう」

宮田が微かに頷く。

「高村光太郎の『ぼろぼろな駝鳥』を知っているだろう？」

「教科書で読みました」

ミサキが答える。

「直接的には野生の駝鳥を檻に閉じこめることの理不尽さに対する怒りを表明した詩だが、それを読んだ多くの者は駝鳥と自分あるいは人間そのものを重ね合わせて共感する」

「あたしも共感しました」

「つまり駝鳥は自分あるいは人間の比喩表現だ」

「あれ？　学校では比喩じゃなくて象徴だって習いましたよ。駝鳥は人間を象徴しているって」

「詩は習うものではないという点はさておき比喩も象徴も同じものだ」

「そうなんですか？　たしか授業では比喩と象徴には明確な違いがあるって習ったような」

「具体的には？」

「たしか……比喩は〝喩(たと)えること〟で象徴は〝抽象的な概念を具体的なもので表現すること〟。平和の象徴が鳩とか」

「記憶力は大したものだ」

「ありがとうございます。もう少し詳しく説明すると〝比喩はあるものを別の類似した事柄に見立てて表現する手法〟。象徴は〝抽象的な概念を具体的なものに託して表現する手法〟って感じだったと思います」

「その説明で合っているが、もう少し単純化すれば比喩が〝具体的なものを類似した具体的なものに喩える手法〟。月のように丸い形をしたスッポン、など」

「あ、月とスッポンってそういう意味だったんですか。どちらも丸いけどその実態には雲泥（うんでい）の差があるって」

「そういう事だ。因（ちな）みに雲泥にも同じような意味合いがある」

「納得です」

「で、象徴は〝抽象的なものを具体的なものに喩える手法〟だ」

「たしかに曽根原先生の説明の方が判りやすい」

「いずれにしろ比喩も象徴も〝喩え〟であることに違いはない」

「あ」

「象徴は比喩の一分野だと言えるだろう」

「なるほど。そうなんですね」

「高村光太郎は『ぼろぼろな駝鳥』で象徴すなわち比喩表現を使ったし詩という文芸は比

喩を最も活用する文芸だと言える。辻井喬『白い馬』、中江俊夫『夜と魚』、安藤元雄『むずかしい散歩』など」

ミサキは熱心にメモを取っている。

「小説でも、もちろん比喩は多用されている。タイトルに限って言っても芥川の『鼻』『河童』、谷崎の『細雪』など」

「『細雪』も比喩なんですか？」

「儚い人生を表している」

「あ、ネタバレ」

「あ、いや」

「人生が儚いことは多くの人の共通認識でしょう。ネタバレには当たらないかと」

一瞬、焦った。

「とにかく」

曽根原は態勢を立て直す。

「他の文芸と同じように小説にも比喩表現は多用される。君は梶井も比喩表現を使って自分の小説をレモンで表現した……そう言いたいんだな？」

「その通りです」

「そこまでは判ります」

話が本筋に戻った。

「判らないのはレモンがどうして小説を表しているのか、という点です」

「どうして丸善に置いたのかを考えれば自明だ」

「どうして丸善に？」

「ああ」

「丸善って本屋さんですよね……。あっ！」

ミサキが口を比較的大きく開けて惚けたように、そのまま閉じるのを忘れている。

（可愛い……などと思っている場合ではない）

曽根原はいささか慌てた。

（このままではミサキ君が唐変木の戯言のシンパになってしまう）

シンパとは英語のシンパサイザーすなわち共鳴者に由来する言葉で、ある人物や団体の政治的思想の信奉者のことを指す。転じて日常会話的に政治思想以外の単なる信奉者のことも指すようになった昭和語である。

「本屋さんで売っているもの……それは本」

宮田が頷く。

「実用書や写真集も売ってますけど小説家である梶井が意識したのは小説」

「そう考えられる」

「レモンを載せたのは小説ではなくて画集だと作品の中に明記されているよ」

曽根原の言葉にミサキが該当箇所をめくる。

「たしかに」

——私は画本の棚の前へ行って見た。画集の重たいのを取り出すのさえ常に増して力が要る
「一三ページに書いてあります」

「それこそ比喩でしょう」

「あ、そうか。小説に比喩は常套手段ですものね。そのまんま書いたんじゃ恥ずかしいって気持ちがあるのかしら？　だから小説じゃなくて画集にした。太宰だって自伝的小説の『人間失格』の主人公を小説家じゃなくて漫画家に置き換えてますもんね」

「その通りだ。恥ずかしいという理由もあるかもしれないし比喩を使った方が美しいと感じているからかもしれない」

「美しい……。先日、曽根原先生は芸術を〝美を追究するもの〟って定義なさってましたよね？」

曽根原は渋々頷いた。

「つまりレモンは自作の比喩で画本は文壇の作品群の比喩だろう」

宮田が言った。

「言われてみれば符合しますね」

「冒頭の一行がすでに梶井の〝デビューできない煩悶する心〟を表していると思う」

「冒頭の一行……」

ミサキが文庫本に目を落とす。

――えたいの知れない不吉な塊が私の心を始終圧えつけていた。

「梶井はその〝不吉な塊〟を〝焦燥〟だとも説明している」

――焦燥と云おうか
「八行目には〝浮浪〟という言葉が出てくる」

――始終私は街から街を浮浪し続けていた。

曽根原は驚いた。

（私と同じ視点だが、それはともかく一度読んだだけで覚えたのか？　しかもページ数や行数まで）

記憶力だけは異様な能力を持っているようだ。

（もしかしたらカメラアイの持ち主だろうか？）

カメラアイすなわち映像記憶とは目に映ったものをカメラのように映像で記憶できる能力のことだ。

幼少期には普通に見られる能力だが思春期以前に消失するとも言われる。だが稀に成人後も映像記憶能力を持ち続ける者が存在する。三島由紀夫や数学者のジョン・フォン・ノイマンなども映像記憶能力の持ち主だったと思われている。

「浮浪というのは作家デビューを熱望していても、それを果たせない自分の状態を表しているんだろう」

「言われてみればそんな気もしますけど……」

ミサキは小首を傾げた。

「じゃあ重さは何ですか？」

「重さ？」

「レモンの重さです。これは文学界でも必ず話題になる命題なんですよ」

そう言うとミサキは曽根原を見て共犯者めいた笑みを浮かべた。

(今日の講演会でも触れたことだ)

曽根原も微かな笑みを返す。

「あたしは不安の重さを表していると思うんです」

「不安の重さ？」

「ええ。『檸檬』には主人公ひいては梶井の不安が横溢（おういつ）しています。それを具体的な物で表したのがレモンなんですよ」

「なるほど」

宮田はレモンサワーを一口飲む。

「君の意見が正しいかどうか曽根原先生に正解を訊いてみようか」

勝手に仕切って……と曽根原は一瞬、ムッとしたがすぐに大人げないと心を落ち着かせた。

(酒の席でムッとした顔はいただけない)

それに一応は私を権威と認めての発言だろうし。曽根原は仕切り直した。

「レモンの重さは人生の重さを表している」

「なるほど！」

ミサキがそう言いながら手を打った。

「人生も、所詮は手のひらに載るレモンほどの重さなのだという自虐とも取れる解釈だ」

「はたしてそうでしょうか？」

はあ？

思わず声が出そうになった。

（訊かれたから〝正解〟を答えたのに、その言い草は何だ？）

曽根原は憤慨したが顔に出さないように努めた。素人相手にプロがムキになっては大人げないと自制心が働いたのだ。

「違うって言うんですか？」

ミサキがやや頬を膨らませ気味になって宮田を問いつめる。

（私の意見に疑義を差し挟むこの唐変木に腹を立てている。いまミサキ嬢の心は私に寄り添っている）

曽根原は胸が熱くなるのを感じた。

「違う」

「どうして？」

「梶井はレモンを素晴らしいものとして捉えている」

「そういえば……」

ミサキがページを繰る。

「一一ページ」

宮田が先回りしてページを教える。


——私はあの檸檬が好きだ。


ミサキが該当箇所を素早く見つけて朗読した。

「たしかに主人公——これは梶井の分身と捉えていいと思うんですけど——はレモンを肯定的に捉えてますね」

「そうなんだ。さっきも言ったとおり僕はレモンを梶井の小説の事だと思っている」

「比喩表現ですよね。梶井が文壇に投じた爆弾……すなわち梶井の小説」

「その通りだ。そして爆弾を投じた場所……丸善は文壇のことだ」

「丸善が文壇……たしかに書店には無数の小説が置かれていますもんね。まさに文壇です。宮田さん、お見事」

ミサキの態度を曽根原はおもしろくないと感じたがどうしようもない。

「レモンが梶井の小説ならレモンの重さはどう捉えます?」

「自明だろう」

「また自明ですか」

「自明だから自明だと言ったんだ」

「宮田さんにとっては自明でしょうけど……」

ミサキは不満そうな顔を見せる。

「教えてください」

「手応えだよ」

「手応え……」

「作品の手応えだ。まさにレモンの重さを手で感じるように作品の重さを感じているんだ」

「レモンの重さは作品の手応え……」

「充分に感じているその手応えを丸善の書棚に……つまり文壇に投じた」

「具体的には何という作品ですか？　投じたのは」

「これも自明じゃないか」

「だから」

「『檸檬』だよ」

「え？」

「タイトルからも自明だろ？　レモンは『檸檬』だよ。小細工なし」

「でも」

ミサキが宮田にレモンサワーを差しだしながら話を続ける。

「『檸檬』だとしたら、まだ文壇に投じていませんよ。まだ書いている途中なんですから」

「書きながらもそれだけの手応えがあったんだろう。そして自負もあった」

「自負？」

「つまり〝いま書いているこの『檸檬』という作品は必ず文壇の中央で勝負できる作品だ〟という自負が」

「ホントにそうなんですか？」

「もちろんだ。すべて作品の中に記されているよ」

「作品の中に？」

「レモンが梶井の作品……『檸檬』だと判って読めば梶井の『檸檬』に対する並々ならぬ自信が読みとれる」

「たとえばどこですか？」

「最初、主人公は得体の知れない不吉な塊を抱えて街を浮浪している」

「作家デビューを望みながら叶えられずもがいている梶井自身を表しているって事でしたね」

「そうだ。ところがレモンを手にした途端その不安が解消されてゆく」

「一二ページですね」

——不吉な塊がそれを握った瞬間からいくらか弛んで来た

——私の身体や顔には温い血のほとぼりが昇って来て何だか身内に元気が目覚めて来た

——ずっと昔からこればかり探していたのだと云いたくなった

「ようやく自信作が書けた。そう読める」

「たしかに」

「梶井は、この作品を書きながら自分の文章、文体、比喩表現が完成の域に達したことを確信したんだろう。そして一三ページには決定的な描写が出てくる。この『檸檬』を以てすれば念願の文壇にデビューできるという梶井の自負を表明した描写がね」

「あ」

ミサキが該当箇所を見つけて声をあげる。

——平常あんなに避けていた丸善がその時の私には易やすと入れるように思えた。

「お見事です」

　ミサキが納得の声をあげる。

「駄目押しは主人公が積みあげた画集のてっぺんにレモンを載せたことだ」


——その城壁の頂きに恐る恐る檸檬を据えつけた。


「一四ページですね」

「文壇で持て囃されている小説群のトップに『檸檬』は立てる……梶井の宣言だ」

「この文章の本当の意味が判ったような気がします。今まで入れなかった文壇に『檸檬』を以てすれば入れる気がする……そういう意味だったんですね」

　宮田が頷く。

「レモン＝『檸檬』は梶井の自信作だったという事がよく判りました」

　曽根原は反論しようとしたが、その糸口を見つけ倦ねていた。

「レモン＝『檸檬』にはそういう意味がある。そして『檸檬』は、もう一つの作品と表裏一体を成している」

「もう一つの作品？」

「そうだ」

「何ですか？　その作品は」

「『桜の樹の下には』だ」

『桜の樹の下には』は『檸檬』の三年後に発表された。

「君はそれは読んでいるのかね？」

曽根原は思わず口を挟んだ。

「さっき読みました」

「さっき君が読んだのは『檸檬』のはずだろう」

「『檸檬』を読んだ後に『桜の樹の下には』も読んだんです」

「え、あんな短い時間に？」

「『桜の樹の下には』は『檸檬』よりもさらに短いじゃないか。四ページしかないよ」

「それにしても凄いわ」

ミサキが素直に感心している。

「『桜の樹の下には』のあらすじは縮めて言えば〝渓谷で見かけた桜の樹の美しさに心を奪われた主人公は、その美しさの正体を桜の樹の下には死体が埋まっているからだと看破する〟ってだけの話だからね」

「そこまで縮めたら芯しか残らないですよ」

「元が短いんだからしょうがない」

「でも、どうして『桜の樹の下には』も読んだんですか？」

「目次を見て興味を惹かれたんだ。題名だけは知っていたからね」

「有名ですもんね。題名というか冒頭の一節が」

ミサキは暗誦する。


――桜の樹の下には屍体が埋まっている！


暗誦を終えるとミサキは「衝撃的な書きだしですよね」と続けた。

「そう。印象的だ。梶井はやっぱり才能豊かな作家だったんだ」

「だから人気がある……んですけど生前は作家的には恵まれなかったんですよね？」

ミサキが曽根原に顔を向ける。

「作家デビューを渇望しながら、なかなか果たせなかったことは確かだ。病気にも苦しんだ。ようやく念願叶ってメジャーデビューした二ヶ月後に結核が悪化して三十一歳の短い生涯を閉じた」

「ですよね」

ミサキは曽根原に相槌を打つと「『檸檬』と『桜の樹の下には』が表裏一体ってどういう事なんですか？」と宮田に訊くことで話を戻した。

「『桜の樹の下には』の意味を考えれば自ずと明らかだろう」

「自ずと明らか……また自明ですか」

ミサキは軽く溜息をついた。

「知ってました宮田さん？　桜ってバラ科なんですよ」

「それは知らなかったけど……それが何か？」

「綺麗な花には棘がある……。梶井はそのことを言いたかったんじゃないかしら？　綺麗な桜だけど、その足下には何かおぞましいものを隠している、みたいな？　あ。いま笑ったでしょ」

「絶望を知る者だけに見える美……それをこの作品は表している」

曽根原が言った。

「そうか！　そうですね。あんなに美しい桜は、その下に死体……つまり絶望を秘めている……からこそ美しい。曽根原先生、ご教授ありがとうございます」

「違う」

「は？」

「は？」

曽根原とミサキが同時に疑問の声を発した。

「宮田さん。曽根原先生は決定的な解釈を示してくれたんですよ？　それなのに違うってどういう事ですか？」

曽根原を代弁するようにミサキが宮田を詰問する。

「死体があるから美しいんじゃない。美しいのに死体があるんだ」

「何ですかそれ？　判りやすく言ってください」

「『桜の樹の下には』では梶井は文壇を桜に喩えたんだ」

「文壇を桜に？」

「ああ」

「ちょっと待ってください。宮田さんは『檸檬』では文壇を書店に喩えたって言いましたよね？」

「そうだ。書店の中でも華やかな画本に喩えた。梶井にとって文壇は華やかな場所だった」

「あ……。だから桜？」

「そういう事だ」

「桜が文壇なら死体は何だね？」

「自分自身です」

「梶井が死んでるって事ですか？」

「ああ。つまり自分は文壇で生きてゆく事はできなかったという、あきらめの表現だ」

「あきらめ……」

「梶井は文壇で活躍することを熱望したけど叶わなかった」

「ですね」

「『檸檬』という絶対の自信作を持って文壇に殴りこみをかけた。それこそ爆弾を文壇に爆弾を文壇に投げこむようにレモン……自分の自信作である『檸檬』を投じた」

「でも無視された……『桜の樹の下には』は、その絶望を表していたんですね」

「そうだ。桜の樹の下には……梶井の『檸檬』が埋まっていたのさ」

宮田はレモンサワーを飲みほすとカシスシャーベットを注文した。

第四話　三島由紀夫　〜金閣寺は燃えているか?〜

日本の小説家の中で最も才能があるのは誰だろう？

曽根原は家路を歩きながら考えていた。

（紫式部だろうか？）

たしかに〝当時どれだけ凄かったか〟を物差しにすれば紫式部は歴代一位かもしれない。

（執筆時点で世界最長の小説を書きあげたのだからな。しかも内容も文句なくおもしろい）

だが曽根原は〝当時どれだけ凄かったか〟という物差しは採らない。

（それを採用すれば収拾がつかなくなる）

たとえば人類最高の短距離走者は誰かを決める場合に、単純に世界記録保持者とすれば一〇〇メートルを九秒五八で走り抜けたウサイン・ボルトである。ところが現代ではボルトの記録に迫る九秒台の記録を出している選手が日本人も含め複数いる。つまり現代は過去に比べて練習環境や練習方法などが進化を遂げて記録が出やすくなっていると考える事もできるのだ。

それならば二位の記録を大きく引き離した世界記録が過去にあれば、その記録を出した走者が世界最高の短距離走者と認定してもいいのではないか？

初めて手動時計ではなく電動時計で一〇秒の壁を破ったジム・ハインズはどうか？

〝当時どれだけ凄かったか〟の物差しで見れば、そちらがボルトよりも上だとする事もできるだろう。

だが……。

（それを過去の年度ごとに検証するのは大変だ）

ならば単純に現在の世界記録保持者を歴代最高の短距離走者と認定するのが間違いがない。

（スッキリしていい）

曽根原は小説に関しても現在の基準に照らし合わせて考えるべきだと決めた。

（たとえ紫式部が当時、世界最高の作家だったとしても『源氏物語』を現在の基準に照らし合わせれば……）

充分に優れた小説であることは間違いないが、いくつか欠点も目につくと曽根原は考えている。

（たとえば黙読ではなく語り聴かせる事を前提にでもしているのか文章が間延びしている点。文章自体の美しさがさほど感じられない）

なので歴史的観点を加味すれば世界最高峰の評価を得る資格は充分にあるものの現在基準での文章力という点で最高位には推せない。

曽根原はそう結論づけた。

（ならば江戸時代はどうか？）

山東京伝、上田秋成、滝沢馬琴、十返舎一九、式亭三馬、鶴屋南北などなど……。

（どれも一流の作家たちだが現在の小説は江戸時代の小説を経て深化を遂げている）

一〇〇メートル走の記録が日々、進化しているように。野球の投手の球速が昔よりも格段に速くなっているように……。

現在の作家たちは江戸時代までに書かれた小説を踏まえて登場人物の視点の研究がなされ文章もより重複を避けるようになど深化している。文章の他にもストーリーの運びかたや設定、登場人物の掘りさげなどでも。

（それらを考慮すれば最高の作家は少なくとも明治以降にいるはずだ。また、そうでなければならない）

有力作家と言えば言文一致体の嚆矢、二葉亭四迷に始まり、樋口一葉、島崎藤村、泉鏡花、森鷗外、国民作家と言われる夏目漱石などなど。

その後も武者小路実篤、芥川龍之介、太宰治、宮沢賢治、ノーベル賞候補にもなった谷崎潤一郎や小説の神様と謳われた志賀直哉などなど。

さらに時代が下って坂口安吾、大岡昇平、井上靖、吉川英治、松本清張……。

そしてノーベル賞を受賞した川端康成に大江健三郎、毎年候補に上ると噂される村上春樹……。

（みな素晴らしい偉大な作家たちだ）

だが……。

（名だたる小説家は数多く存在するけれど過去から現在を通じて最も才能があったのはあの作家以外にはありえない）

曽根原の胸に一人の作家の名前が浮かんでいる。

（三島由紀夫……）

それが曽根原の考えだった。

三島由紀夫は昭和の時代に活躍した日本を代表する小説家である。

大正十四年（一九二五年）生まれ。昭和の年数と実年齢が同じである。

学習院高等科から東大法学部入学。

学習院在学中に発表した『花ざかりの森』で作家デビュー。『仮面の告白』で作家としての地位を確立。

その後、日本文化への危機感を抱いて『憂国』『豊饒の海』を発表。この後に外国からの侵略に備えるための軍隊的な防衛組織〈楯の会〉を結成。

一九七〇年、自衛隊の市ヶ谷駐屯地に突入。クーデターを促す演説をするも受けいれられずに割腹自殺を遂げる。自殺に際して三島は辞世の句も用意していた。

（三島は谷崎と並んでノーベル賞の候補にもなっている）

ノーベル賞の選考過程は五十年間、伏せられるが、その後は資料が公開される。

日本人の文学賞は一九五八年に谷崎潤一郎と詩人の西脇順三郎が初めて候補になった後、一九六一年に川端康成が候補になる。

その二年後、三島由紀夫も候補に名を連ね一九六五年にかけて四人が三年連続で候補に上り三島は初候補となった年に最終候補まで残り議事録に〝日本人候補者の中で三島が最も可能性が高い〟と記された。

川端康成が受賞した一九六八年の評価は〝川端康成と谷崎潤一郎の二人は、どちらが優れているかを決めることは不可能だ〟というものだった。

それらのことを踏まえて曽根原は考える。

（谷崎の文章は耽美（たんび）に過ぎる。川端康成と大江健三郎は受賞しているが川端の文章は引っかかりがなさ過ぎるし大江は逆に引っかかりがありすぎる。三島の文章はそのどちらでもない）

曽根原はそう考えていた。

（三島の文章には研ぎすまされた日本刀のような切れ味がある）

その文章で人間の内面を鋭く斬る。

（最期は自分の肉体を斬ってしまったが）

そんなことを考えているうちに曽根原はいつの間にか〈スリーバレー〉のドアの前に立っていた。

（おかしい。この店を目指していたわけではないのに。それどころか家に帰ろうと思っていたのに）

足が自然と曽根原をこの店に連れてきた。

（頭で考えたわけではない。足が覚えていただけだ）

誰も聞いていないのに曽根原がそんな言い訳を心の中でした時にドアが開いた。店の中から派手なオーラを放つ二十代と思しき女性が出てきた。

曽根原は一歩下がった。曽根原の目はその女性に釘付けになった。

（美しい……。すごい美人だ）

そう思った。絶世の美女という言葉が浮かぶ。その言葉が決して大袈裟ではないほどの美貌と輝きを放って女性は曽根原の脇を通り抜けて外へ出ていった。曽根原は無意識のうちに振り返ってその後ろ姿を目で追っていた。

「いらっしゃいませ」

店の中から声がして曽根原は我に返った。

慌てて中に入る。

（しまった）

まだこの店に入るかどうか決めてなかったのに。

そう思いながらも曽根原はいつもの中程のスツールに坐っていた。

「見ました?」

曽根原がスツールに坐るなりミサキは注文も訊かずに話しかけてきた。

「何を?」

「今まで、すごい美人がお店にいたんです」

「ああ」

「あたし感激しちゃって」

「感激?」

「はい。ああいう人を絶世の美女っていうんでしょうね」

ミサキ君も充分に美人だが……。曽根原はそう思ったが口に出す勇気はなかった。

(それに、すれ違った美女は全身から華やかさを発散させていた。顔立ちはミサキ君も引けを取らないが黒い服装のせいか、あの美女に比べればおとなしい印象を受ける。もっとも、あの美女に比べたら誰でもおとなしく感じてしまうだろうが)

そうも思った。

「たしかに美人だった」

「でしょ?」

「男性の目を惹く女性だね。でも女性の君でも目を惹かれるのかね？」

「もちろんですよ」

ミサキはやや興奮気味に応える。

「美しいものを見たら興奮します」

「なるほど。恋愛の対象ではなく美の観賞という視点から同性の美人を見たわけか」

「はい。美しいものを見るのは心にもいいですよね。だから人は芸術作品を鑑賞するんじゃないでしょうか」

「たしかにそうだ」

「美しい絵画、美しい物語」

ミサキがウットリとした顔で語り続ける。

「建築物だって人は美しいものに惹かれます」

曽根原は頷く。

「今のお客さんを建築物に喩（たと）えれば、さしずめ金閣寺じゃないかしら」

「金閣寺……」

京都市北区にある臨済宗相国寺派の寺院である金閣寺の正式名称は創建者である室町幕府第三代将軍、足利義満の法号、鹿苑院殿に因（ちな）んで鹿苑寺という。義満の北山山荘をその死後に寺院としたものだ。

金閣と呼ばれる三層建築の舎利殿を含めた寺院全体が金閣寺として知られている。明治三十四年（一九〇一年）に舎利殿に安置されている木造足利義満坐像が、また昭和四年（一九二九年）に舎利殿が国宝に指定されたが昭和二十五年（一九五〇年）にどちらも放火による火事のために焼失してしまった。

現在の再建された舎利殿は構成要素の一つとしてユネスコ世界遺産に登録されるに留まっている。

「はい。そう思いませんか？」

そういう事か。曽根原は得心した。

（商売上手で抜け目のないミサキ君のことだ。今日の私の講演内容が三島の『金閣寺』であることを知っていて話題をそこに持っていったか）

もちろん確信はない。純粋に〝あの美女は建物で言えば金閣寺だわ〟と思っただけかもしれない。

（それだけの素直さも持ちあわせているミサキ君だ）

曽根原がどちらとも判断しかねているうちに「お飲み物がまだお決まりでないならゴールデンエールはいかがですか？」と誘ってきた。

「それは？」

「エールビールなんですけどスッキリとして飲みやすいんです。華やかな香りがあたしは好きなんです」

「もらおうか」

「ありがとうございます」

ミサキがすぐにグラスを用意して曽根原に手渡すとビール瓶の蓋を心地よい音を立てて開ける。

「はい。どうぞ」

泡が溢れでる前に曽根原が持つグラスに注ぐ。曽根原はすぐに口に運ぶ。

「ごめんなさい。でも、あたしビール瓶の口から溢れでる泡を見るのが好きなんです」

変態か？

「いかがですか？」

「うまい。軽い苦みが心地よい」

「よかった」

ミサキがニコッと笑う。曽根原は気を引き締めた。

（ミサキ君の笑顔には魔力がある。先ほどすれ違った美女にも引けを取らないほどの）

そう評価して視線をグラスに移したときミサキが「そういえば」と切りだした。

「何だね？」

曽根原は視線をミサキに戻した。彼女はもう笑ってはいなかった。

「金閣寺って何を象徴しているんですか?」

「金閣寺?」

「三島の『金閣寺』です」

曽根原は頷いた。ミサキが言った金閣寺が三島由紀夫の代表作の一つである『金閣寺』で扱われている金閣寺のことだと見当がついていたが、それが的中していた事への頷きである。

日本文学史上、最高の作家が三島由紀夫だと結論づけた曽根原だが、その三島の中での最高傑作がまさに『金閣寺』だとも思っている。

溝口という青年の〝私〟という一人称で綴られる『金閣寺』のあらすじは次の通り。


僧侶である父親から常々〝金閣寺ほど美しいものはない〟と聞かされていた私は生来の吃音もあり消極的に日々を過ごしている。

やがて父の薦めで父の知人が住職を務める金閣寺で修行生活を始めることになる。

徒弟仲間の鶴川や仏教系大学で知りあった柏木たちとの交流を経ながらも偏屈な私は心の安らぎを得るに至らず老師と仰いだ住職とも軋轢(あつれき)を生む。

一時は住職の後継者となる未来を考えていたが生活が乱れ住職から〝後継にする心づもりはない〟と宣告されてしまう。

私は寺を出奔し金閣寺を焼くことを決意し実行する。

曽根原の脳裏に『金閣寺』のあらすじが甦る。

「三島は金閣寺に何を象徴させたのか……それが知りたいんですよね。優れた芸術作品で扱われるモチーフすなわち題材……この場合は金閣寺ですけど、それって作者が描きたいもの……テーマを象徴している場合が多いと思うんですけど」

「その通りだ」

曽根原はゴールデンエールを一口飲む。

「モチーフが端的にタイトルに使われている例だけを見ても前回話した梶井の『檸檬』はもちろんのこと他にも未完ではあるが二葉亭四迷『浮雲』、これも未完の山本有三『路傍の石』や《木曽路はすべて山の中である》の書きだしで始まる島崎藤村『夜明け前』……。海外作品に目を移してもサマセット・モーム『月と六ペンス』、アンドレ・ジッド……これは以前はジッドではなくジイドという表記が多かったが『狭き門』、スタンダール『赤と黒』、メーテルリンク『青い鳥』、コレット『青い麦』、ケッセル『昼顔』と枚挙に暇(いとま)がない」

『浮雲』は主人公、内海文三の周囲に流されがちな生活態度と共に自主性に欠ける日本国民をも象徴したタイトルとなっている。

『路傍の石』とは道端に落ちている石のことだが、このタイトルでは路傍の石を人間に喩えている。そこら中に転がっていて見向きもされない人間に。だがその人間……路傍の石にどのような意味があるのかを小説は解き明かそうとしている。

『夜明け前』は明治維新前の日本の政情を時刻による一日の区分を示す〝夜明け前〟という言葉に喩えた。

『月と六ペンス』の〝月〟は〝美〟を〝六ペンス〟は〝世俗的な日常〟を表していると思われる。

『狭き門』は聖書の言葉〝狭き門より入れ〟から採られているが〝困難が待ち受けている方向〟の比喩だ。安易な道に逃げずに立ち塞がる困難に立ち向かえという教えである。

『赤と黒』は服の色から主人公のジュリアン・ソレルが出世に利用しようとした軍人と聖職者を表している事が判る。

『青い鳥』は常套句にもなっているように幸せの象徴だ。

『青い麦』は思春期の男女を『昼顔』は昼に艶めく主人公の女性を表している。

「二葉亭四迷ってインド洋上で死んだんですよね」

そこ？

（タイトルと比喩の話をしていたのに）

二葉亭四迷が朝日新聞特派員としてロシアに赴任し無理が祟って肺炎、肺結核に冒され帰国途中にベンガル湾上で力尽きたことは確かだが。

「それと『青い麦』」

お。あれを読んでいるのか。

「あたしユーチューブでよく昭和歌謡を聴くんですけど」

は？

何の話だ？

「『青い麦』って曲は二曲あるんですよね」

もう一度問う。何の話だ？

「伊丹幸雄の『青い麦』と伊藤咲子の『青い麦』。しかもサチオの曲が一九七二年リリースでサッコの曲が一九七四年リリースと近い時期にリリースされてるんですよ。もちろんぜんぜん違う曲です」

「君は昭和歌謡が趣味なのか？」

「そうなんです！　よく判りましたね」

それは簡単に判るがミサキ嬢の思考回路が判らない。

「歌謡曲の『青い麦』もタイトルに〝若さ〟を象徴させているんです」

そこへ持っていきたかったわけか。

「一九七〇年代前半と言えばまだコレットの『青い麦』が普通に読まれていた時代だ。その昭和歌謡の『青い麦』もコレットの小説から採られたタイトルだろう」

「へえ、そうだったんですね。これだから曽根原先生と過ごすひとときは勉強になります」

こういう言葉が息を吐くように自然に出てくる手管は天性のものなのか。

「曽根原先生に教えていただいてタイトルが小説のテーマを象徴している場合が多いことがよく判りました」

曽根原は頷く。

「三島の『金閣寺』も何かを象徴しているんですよね？　もちろん金閣寺が燃えたことは歴史的事実ですから、象徴とかの意味はなくて歴史的事実をそのまま書いただけという見方もできるんでしょうけど」

「それはない」

曽根原はミサキの挙げた可能性を打ち消した。

「『金閣寺』はノンフィクションではないからだ」

「ですよね。芸術作品です」

「事実をそのまま描きたいのだったらノンフィクションを書くだろう。それを敢えて小説として書いたのはそこに何らかの思いがあるからだ」

「なるほど。納得できます。つまり『金閣寺』にも三島の〝思い〟が込められているという事ですよね？」

「その通りだ」

「どんな思いですか？」

自分で考えてみたまえ、と学生相手になら言うところだがミサキ君は学生ではない。ミサキ君と先ほどの美人に免じて教えてあげてもいいか。

「美の追究だ」

「美の追究……」

「そうだ」

「それって曽根原先生が主張する芸術の定義と同じですよね」

「その通り。まさに三島も同じテーマを追っていた」

「三島はまさに全身小説家だったんですね」

「そう言えるかな」

〝全身小説家〟は本来、井上光晴のことを指す。

井上光晴は一部に熱狂的支持を受けていた昭和の時代に活躍した小説家である。代表作に『地の群れ』『死者の時』などがある。

井上光晴を主人公に据えたドキュメンタリー映画『全身小説家』を踏まえてのミサキの発言だろう。すなわち三島由紀夫も全身全霊を小説に打ちこんでいる小説家なのだと。

原一男監督による『全身小説家』が公開されたのは一九九四年。井上光晴本人の他、埴谷雄高、瀬戸内寂聴、野間宏などが出演している。

井上光晴は大正十五年（一九二六年）に福岡県久留米市に生まれた。

当時の人気作家、三谷晴美と不倫関係にあった事でも知られる。三谷晴美はその後、瀬戸内晴美、瀬戸内寂聴と名を変える。

また娘の井上荒野も小説家となっている。

「曽根原先生に井上光晴同様、全身小説家認定された三島が〝美の追究〟のために書いた『金閣寺』の中の金閣寺は、つまり……」

「美の象徴だ」

曽根原はズバリと答えを示した。

「図らずもミサキ君が先ほどの美女を金閣寺に喩えたように金閣寺は美しい建物だ」

「ですよね」

曽根原の頭の中に燃えさかる金閣寺が浮かんだ。

ドアが開いた。

「いらっしゃい」

その頭の中の金閣寺が急速に鎮火した。

（無粋な客だ）

振りむくまでもない。曽根原の気分を害するのは、あの男以外にはいないだろう。

「ご注文は？」

宮田がスツールに坐るとミサキが訊いた。

「金閣を」

金閣？　聞かない酒だが……。

「畏まりました」

置いてあるのか。曽根原は〈スリーバレー〉の品揃えの良さに感嘆した。

「京都の蔵元、キンシ正宗が誇る日本酒の逸品です」

宮田にグラスに入った〈金閣〉を提供しながらミサキがさりげなく説明する。

「実は初めて飲んだんだ」

一口飲んだ宮田が言う。

「どうですか？」

「うん。おいしい。穏やかだけど豊かな味わいがある」

「ですよね！　あたしも最近、初めて飲んだんです」

二人で盛りあがらないでほしい。

「でも、どうして〈金閣〉を？」

「曽根原先生がゴールデンエールを飲んでいたんでね。僕も〝金〟繋がりをと思って」

「そうだったんですか」

合わせていただかなくて結構だが……。

「いま曽根原先生から『金閣寺』の講義を受けていたんですよ」

「やっぱりそうか」

後からなら何とでも言える。

「宮田さんはもちろん『金閣寺』は読んでますよね？」

「ああ」

「どのような評価を？」

「傑作だね」

頭が痛い。

（『金閣寺』が傑作であることは論を俟たない。国際的にも固まっている評価だ。それを自分の手柄のように言い放つ神経が判らない）

宮田は曽根原の胸中などお構いなしにグラスを口に運ぶ。

「そうですよねえ……。そういえば今、金閣寺のように煌びやかな美人さんがこのお店にいたんですよ」

宮田がグラスから目をあげてミサキを見た。そのまま無言で頷く。

「ご存じのかたですか？」

「たぶんね」

「まあ。隅に置けないですねえ」

ミサキが昭和っぽいニヤニヤした視線を宮田に送る。

「あたしはずっとすみっコぐらしですけど」

何の話だ？

「いつもお一人様。でも、それが落ち着くんです」

「お一人様を謳歌しているわけか」

鵜呑みにはできないが……と曽根原は一応、心に留め置いた。

「はい。一人の鍋もいいもんですよ。というわけで今夜はお二人には鶏鍋をお出しします」

「鶏鍋？」

曽根原が訊き返した。

「三島が死の前日に行きつけの和食のお店で食べたそうですよ」

「そうだったね」

宮田が応える。

（知ったかぶりか？）

曽根原は胡散臭げな視線をチラリと宮田に送る。

「ちょっと待ってくださいね」

ミサキが具材の入れられた一人用の鍋を二人の前にそれぞれ置く。黒い陶器製の丸形和鍋で木製のプレートに載せられている。

「火を点けます」

鍋の下の固形燃料――アルコールの一種であるメタノールを固めて造られたもの――に着火具で火を点ける。旅館などでよく見るタイプのものだ。

「秋田の比内地鶏に豆腐、こんにゃく、椎茸を出汁で煮ます。グツグツいいだしたらポン酢と大根下ろしでどうぞ」

グラスのビールを飲みほしミサキが注ぎたしたころ鍋が程よく煮えた。

曽根原はさっそく鶏肉を口に運ぶ。

「うまい」

「でしょう？　出汁は昆布で採っただけですけど具材の味が染みこんで」

宮田は出汁を一口啜ると「まさに金字塔だと思う」と言った。

「そこまで褒めていただかなくても」

「出汁の話じゃない」

「じゃあ、あの美人さん？」

「『金閣寺』だよ」

「ああ、そうですよね」

ミサキは自分の勘違いに気づいて「『金閣寺』は、まさに日本文学史上の金字塔ですよね」と話を戻した。

（この男にも『金閣寺』の良さは判ると見える。その美が）

〝金繋がり〟で金字塔に喩えるのは小癪だが。

「曽根原先生は作中の金閣寺は美の象徴だって教えてくれたんですよ」

「美の象徴？」

「そうですよ」

「ちがう」

「え？」

「三島の金閣寺は美の象徴なんかじゃない」

「もしもし」

ミサキが宮田を窘（たしな）めにかかる。

「金閣寺は美の象徴なんですけど」

「どうして？」

「どうしてって……それが定説です。夏が終わると秋が来るのと同じぐらい確かなことです」

「最近は季節も変わってきてるけどね」

「え？」

「定説も覆ることがあるって事だよ」

「そうかもしれませんけど、これは覆りませんよ。一目瞭然ですから」

「一目瞭然？」

「はい。金閣寺は美しいです。誰が見たって」

「だったら、どうして燃やしたんだい？」

「え？」

「美しいんだったら燃やさない方がいいだろう」

「それは……」

ミサキは助けを求めるように曽根原に視線を向けた。

（ミサキ嬢に任せておけば安心と思っていたが……）

どうやら自分が出ていかなければいけないようだと曽根原はいささかうんざりした。

（だが助けを求められては無下にもできまい）

曽根原は注ぎたされたゴールデンエールを一口飲むと「支配しようとしたんだ」と反撃を開始した。

「支配？」

ミサキが訊き返す。

「そうだ。金閣寺は美しい。だが絶対的な存在ゆえ手に入れることはできない。自分の自由にする手段は燃やすしかなかった」

「美しいからですか？」

宮田が曽根原に尋ねる。

「そうだ。燃えさかる金閣寺……。さらに美しいと思わないかね？」

「美しいです！」

すかさずミサキが反応した。

「不謹慎かもしれないけど想像の中でなら……燃えさかる金閣寺。美しいと思います」

ミサキは〝どうですか？ 反論できますか？〟とでも言いたげに宮田に視線を移した。

「当時の金閣寺はそれほど美しくなかった」

「え？」

「だから金閣寺は美の象徴ではないんだ」

「それほど美しくなかったって、どういう意味ですか？」

「そのままの意味だよ」

宮田は鍋をつつく。

「事件当時の金閣寺関係者の話が残っている」

「どんな？」

ミサキがバーテンダーと客との垣根を越えたような口調で尋ねる。

「焼失前の金閣寺は金色じゃなかった」

「金閣寺が金色じゃなかった？」

「ああ。金箔が剝げ落ちていたんだよ」

「金箔が……」

「剝げ落ちていた。つまり当時の金閣寺は現在のように金色に光り輝いてはいなかったんだ」

「ホントなんですか？」

「ああ。現在の金閣寺は焼失から五年後の一九五五年に再建されたものだけど焼失して再建しようとしたときに創建当時の古材を綿密に調べたんだ」

「そうしたら？」

「金箔の痕跡が見つかった。つまり本来の金閣寺は外壁全体が金で覆われていた……という事が推測されたんだ」

「じゃあ……」

「長い間……もちろん事件当時も人々の間に〝金閣寺は美しい〟という認識はなかった」

「ということは三島も」

「もちろん三島も事件当時は金閣寺が金色に輝いていたわけではないことを知っていた」

「『金閣寺』が書かれたのは……」

「『金閣寺』は事件の六年後に書かれている。金閣寺焼失後、再建されたのは五年後だから金色に輝く今の金閣寺を三島は知っていたはずだ。だけど、それ以前の輝いていない金閣寺の方により馴染んでいただろう」

「ですね」

ミサキは納得すると曽根原に視線を移した。

「曽根原先生はご存じだったんですか？　事件当時に金閣寺は金色じゃなかったって」

「もちろん知っていた」

「だったら」

「だが、それでも三島は作中の金閣寺を美の象徴として描いている。『金閣寺』はあるかね？」

「あります」

ミサキはカウンターの端のブックエンドから一冊の文庫本を取った。

「新潮文庫。平成二十七年発行の第百三十七刷りです」

ミサキは文庫本を曽根原に渡した。

「ここだ。二五ページ」

文庫を受けとった曽根原はパラパラとめくって該当箇所を探りだした。

――どうあっても金閣は美しくなければならなかった。


「主人公の独白だ」

「主人公は金閣寺を美しいものとして規定している……」

ミサキが呟く。

「しかしそれは〝金閣が美しくあってほしい〟という主人公の願望であって実際に美しいかどうかを書いているわけではありませんね」

宮田が指摘した。

「だが三島が〝金閣は美しくなければならない〟と考えていたことを表している文章だ」

「美しくなければならないと考えていたけれど実際には違った。同じページにこう書かれているはずです」


――金閣そのものの美しさよりも、金閣の美を想像しうる私の心の能力に賭けられた。


「つまり金閣寺の美は主人公が想像して初めて現れるものなんです」

「だとしてもだ」

曽根原は動じない。

「当時の金閣が今ほどの美しさを有していなかったとしても、三島が〝金閣寺の美しさ〟に拘っていたことは充分に読みとれる」

「ですよね！」

ミサキが曽根原の味方であるかのような相槌を打つ。

「現に主人公の父親は、くすんだ金閣寺を美しいものとして主人公に言い聞かせていた」

「それはあくまで父親の思いであって息子である主人公は金閣寺を美しいとは思わなかった。つまり三島自身も金閣寺の美に拘ってはいたけれど少なくとも金閣寺を〝美の象徴〟とは考えていなかった」

「まだそんな事を」

「三三ページを見てください」

ミサキがページをめくる。

「あ」

ミサキが該当箇所を見つけた。

――それは古い黒ずんだ小っぽけな三階建にすぎなかった。

――美しいどころか、不調和な落着かない感じをさえ受けた。

「これでは美の象徴とは言えないでしょう」

ミサキは一拍置いてから「だったら金閣寺は何の象徴だって言うんですか?」と尋ねた。

「一目瞭然だろう」

「普通は一目見て美だと思いますよね。金閣寺は綺麗なんだから」

「だが当時は綺麗じゃなかった」

「主観に依りますけど……。美の象徴として採りあげるには無理があるかもしれませんね」

「美ではないものの象徴として三島は題材に金閣寺を選んだ」

「だから何の象徴なんですか?」

「権力だ」

「権力ゥ?」

ミサキが頓狂な声を出す。

「そうだ。一目瞭然だろ?」

曽根原を置き去りにして二人は遣りとりに夢中になっている。

(考えようによってはありがたい。戯言につきあわずに済むのだからな)

曽根原はその自分の考えが一瞬、負け惜しみではと危惧したが頭から振り払った。

「どうして一目瞭然なんですか? どうして権力なんですか?」

一応、ミサキ嬢の問いつめに対する唐変木（とうへんぼく）の答えを確かめてみても良い。

「金閣寺は時の権力者である足利義満が建てたものだからね」

「あ」

あまりにも単純な事実だけに思い浮かばなかったのか……。曽根原の心の中の感嘆をミサキが声に出した。

「しかし……」

曽根原は思わず割って入った。

「三島は歴史小説を書こうとしたわけではない。時代背景は現代だ」

「そうです。だから権力そのものではなくて権力の象徴なんです」

「だったら三島が象徴したかった権力って」

「三島が生きていた当時の政府だ」

ミサキの質問に宮田が答える。

「当時の政府……。でも三島は国会議事堂を燃やしたわけじゃなくて金閣寺を燃やしたんですよ。もちろん作中で、ですけど。三島は本当は金閣寺じゃなくて権力を燃やしたかったんですか？」

「もちろんだ。だからクーデターを起こした」

宮田の奇説に翻弄（ほんろう）されてそのことを忘れていた。

「クーデター……」

「そうだ。三島の自死はまさにクーデターだろ?」

一九七〇年(昭和四十五年)十一月二十五日午前十時五十八分、四十五歳の三島由紀夫は〈楯の会〉メンバー四人と東京都新宿区に位置する陸上自衛隊市ヶ谷駐屯地を訪れ正門を通過した。この訪問は自衛隊への体験入隊を経ている三島が事前に予約したものだった。

三島は持参した日本刀〈関孫六〉を東部方面総監、益田兼利陸将に披露すると見せかけ〈楯の会〉メンバー四人と共に総監を縛りあげて拘束し総監室にバリケードを築き立て籠もった。

異変に気づいた室外の自衛隊員が室内に突入する。三島は刀で自衛隊員数名に斬りかかり応戦する。

突入した隊員らは総監が人質に取られている事もあり一旦、退散した。

三島は〝自衛官を本館前に集め三島の演説を聴くこと〟を要求する。総監を人質に取られている幕僚幹部らは三島の要求を呑んだ。

正午を告げるサイレンが鳴ると本館前庭に集まった約千名の自衛官を前に白手袋を嵌め〈関孫六〉の抜身を掲げ〝七生報國〟と書かれた日の丸の鉢巻を締めた三島がバルコニーに立った。

三島は演説を始める。〝日本を守るための建軍の本義に立ち返れ〟という憲法改正の決起を促す内容だった。だが自衛官たちには受けいれられず三島は自決した。介錯の〈楯の会〉メンバーが三島の頸（くび）を切断したあと自らも切腹した。

自衛官に死者はなく〈楯の会〉の死者は三島と介錯人の二名。残りの三名は駆けつけた警察官に逮捕された。

「大変な事件だったんですよね」

「そうだろうね」

「その当時ネットがあってSNSがあったら大騒ぎだったでしょうね」

「なくても大騒ぎだよ」

「国際的な大事件だった」

曽根原が注釈を添える。

「だが君の話だと」

曽根原はわずかに顔を宮田に向ける。

「三島は『金閣寺』を書いた時点で市ヶ谷駐屯地でのクーデターを計画していたという事になるのかね？」

「その通りです。つまり『金閣寺』はクーデターの予告書だったんです」

「『金閣寺』が後のクーデターの予告書……。ちょっと待ってくださいよ宮田さん」

曽根原を煩（わずら）わせてはいけないと忠義心に駆られたのかミサキが宮田を制止しにかかる。

「三島が『金閣寺』を書いたのは一九五六年（昭和三十一年）ですよ。市ヶ谷駐屯地で自決したのは、それから十四年後です。そんな先のことまで計画していたわけないでしょう」

「その通りだ」

曽根原はミサキと共に宮田の説を一刀両断した。

「そんな先の計画を立てるのは現実的ではないし、そもそも三島は自分の作品を政治利用はしない」

「ですよね」

ミサキが曽根原に賛同する。

「三島はノーベル文学賞の候補になるぐらいの超一流の小説家ですもんね。自分の作品は純粋に芸術作品として書くはずです」

「その通りだ。三島の自死は純粋な政治活動なのだから小説とは連動しない」

「はたしてそうでしょうか？」

宮田は動ぜずに〈金閣〉を口に運ぶ。

「違うというのかね？」

「違います」

「どこが違う？」

「クーデターの意味です」

「クーデターの意味……。どういう事かね？」

「三島のクーデターは政治活動のために行われたのではありません」

「言っている意味が判らないが？」

「裏の意味などありませんよ。そのままの意味です」

「三島のクーデターが政治活動でないと？」

「はい」

「では何だというのかね？」

「芸術活動です」

「芸術活動ォ？」

ミサキが頓狂な声をあげる。

「やっぱり意味が判りません」

「三島は『金閣寺』を完成させるために自死したんだ」

「ええ？」

ミサキは大きな声を出した。

「そのこと自体も驚くべき説ですけど、その前に」

ミサキはゴールデンエールを一口飲む。

「宮田さんの話を聞いていると、まるで三島がクーデターを起こしたのは自死するためだったって聞こえますけど？」

「そう言っている」

「何を馬鹿な」

曽根原が言い放った。

「自殺するためにクーデターを起こすなどとは荒唐無稽だ。まして芸術のために自殺するなどとはありえない」

「はたしてそうでしょうか？」

〝はたしてそうでしょうか？〟はミサキ嬢の専売特許だとばかり思っていたがこの唐変木まで使いこなすようになったのか？

曽根原はおもしろくない。

「芥川の『地獄変』を見ても芸術のために殉ずることはありえると思いますが？」

芥川龍之介が大正七年（一九一八年）に発表した『地獄変』は『宇治拾遺物語』および『古今著聞集』に材を採った、いわゆる王朝物の一編である。

あらすじは次の通り。

平安時代、天才的な腕を持つ絵仏師の良秀は大殿から地獄変の屏風絵を描くように命じられる。

良秀は大殿に「燃えあがる牛車の中で焼け死ぬ貴婦人を描きたいが、この目で見ないと描けない」と訴える。大殿は牛車に罪人の女房を閉じこめ火を放ち、それを良秀に見せると約束する。しかし約束の日、実際に燃えさかる牛車の中にいたのは良秀が溺愛する実の娘だった。良秀は恍惚の表情を浮かべてその姿を目に焼きつけ地獄変の絵を完成させた。

「『地獄変』は創作だよ。実際にあった話ではない」

「そうなんですが真の芸術家というものは、それほどの狂気を持ちうるという話です。三島は真の芸術家でした」

宮田の言葉にミサキが声を出さずに口を開けた。

「三島は創作に懸けていた真の芸術家でした。井上光晴が全身小説家ならば三島は全身芸術家だったんです」

「全身芸術家……」

「そう思うのは勝手だが」

「その証拠に三島は、あらゆるジャンルの芸術に対して貪欲に取り組んでいました」

「たとえば？」

ミサキが訊く。

「三島は自作の『憂国』が一九六六年に東宝で映画化された際に自ら俳優として主演して

いる」

「映画に主演したんですか？」

「ああ」

「知りませんでした」

「たしかに小説家で映画主演は珍しいが」

「逆ならあるかもしれませんね。主演俳優が小説を書くとか」

曽根原の脳裏に『仮面ライダーカブト』に主演した水嶋ヒロが小説『ＫＡＧＥＲＯＵ』を著したことが浮かんできた。

「三島の映画出演は作家の余技と見なすべきだろう」

「端役なら余技と捉える事もできるでしょうけど主役ですからね。本気じゃないとできないのでは？」

曽根原は答えに詰まった。

「三島は自分の原作以外の『人斬り』にも出演していますし『からっ風野郎』では主役を務めたほかに主題歌も歌っています」

「主題歌まで？」

「そう。それほどうまくはないけどね」

三島は『からっ風野郎』では作詞も手がけている。作曲は深沢七郎。

「『軍艦マーチのすべて』には指揮で参加している」

「すごい」

「『薔薇刑』という写真集も出しているよ」

「写真集まで……」

「三島は小説以外でもあらゆる手段を使って〝自分〟を表現していたんだと思う」

「まさに全身芸術家ですね」

ミサキ君が落ちた……。

「三島は《もしかすると私は詩そのものなのかもしれない》という言葉もノートに書き残しています」

「詩そのもの……」

「〝詩〟は〝芸術〟という言葉に置き換えてもいいかもしれない。三島は四十五歳の若さで亡くなっているけど三島の全集は全四十巻以上もあるからね。短い生涯にそんな大量の作品を書いたということは……」

「まさに鬼神のような芸術活動ですね」

ミサキの言葉に宮田は深く頷いた。

「もしかして、それでやり残した事がなくなって……」

「そう思う」

「あたしの言おうとしたことが判るんですか？」

「ああ。〝思う存分書いたからやり残したことがなくなった。後は『金閣寺』を完成させるだけ〟と言いたかったんだろ？」

「そこまでは考えていませんでした。思う存分書いたからやる事がなくなって死ぬしかなかったのかなって」

「だいたい合ってる」

そうか？

「だからあのクーデターも僕には政治的というよりも派手なパフォーマンスに思える」

「たしかに派手ですけど……」

「もともと三島には死への憧憬があった。だから他の人よりは死へのハードルが低かったのだと思う」

「死への憧れ、ですか？」

「ああ。三島が自身の前半生を自伝的に綴った『仮面の告白』にはこういう記述がある。新潮文庫『仮面の告白』平成三十年発行百五十四刷りの二六ページ」

——私は自分が戦死したり殺されたりしている状態を空想することに喜びを持った。

「三〇ページには幼い頃の戦争ごっこの記述がある」

——自分が撃たれて死んでゆくという状態にえもいわれぬ快さがあった。

「だが」

魔道に落ちたミサキ嬢を救いださねばならぬ……そんな使命感に駆られて曽根原が重々しく口を開く。

「君は『金閣寺』を完成させるために自決したと言うが、なぜ自決が『金閣寺』を完成させる事になるのかね？」

「そうですよ。意味が判りません」

お。少し戻ってきた。

曽根原は意を強くする。

「それは……」

「それは？」

「実際の犯人が自決に失敗しているからです」

三島由紀夫の『金閣寺』の元になった放火事件は昭和二十五年（一九五〇年）に起きた。七月二日の未明、鹿苑寺から出火の第一報があり消防隊員が駆けつけたが、その時にはすでに舎利殿が燃えさかり手遅れだった。

出火原因は放火で、放火犯人は金閣寺の見習い僧侶であり仏教大学生の青年だった。

青年は放火後に出奔し金閣寺裏の左大文字山山中で自殺するために服毒、および切腹を試みるも死にきれず逮捕された。

その後、服役中に結核を患い入院先の病院で病死した。二十六歳の生涯だった。

「そういえば放火の犯人は自殺を試みるも失敗しているんですよね」

「三島にはそれが許せなかった」

曽根原は応えない。

「自殺の失敗……。三島にはそれが美しくないと映ったんです」

「美しくない……」

「金閣寺炎上は史実です。そしてその犯人が自決に失敗していることも史実です。だから小説『金閣寺』でもその事実を曲げることはできなかった。三島にはそれが許せなかったんです」

「だから自分が自決した？」

「『金閣寺』を完成させるためにね」

「そんな……。金閣寺炎上とクーデターは関係ありませんよ」

「そうかな？」

宮田の顔に微かな笑みが浮かぶ。

「金閣寺が権力の象徴だという事を忘れてないか？」

時の権力者である足利義満が創建した金閣寺を宮田は権力の象徴と見なしていた。

「クーデターを起こした三島にとっては金閣寺を権力の象徴と考えるのは自然なことだ。青年が金閣寺を燃やした事は三島にとっては政権を燃やしたように映っていたんだろう」

「でも自殺までは……」

「金閣寺を燃やすという大事をやってのけたからには、それ相応の覚悟がいる。病的なまでに美を追究する三島にとっては、その覚悟が自死に当たる」

「じゃあ青年がそれを達成できなかったから」

「自分が達成した。青年が金閣寺を燃やしたように三島は自衛隊を燃やそうとした。『金閣寺』の中にも《私は革命家の心理を理会した》とあります」

二四九ページ。

「だから自死を？」

「それで美が完成する。三島は金閣寺を燃やす事すなわち現実にはクーデターを起こすこと……そしてその後に死ぬことが芸術を完成させることだと理解したんです」

「そこまでやるかしら？」

「三島は人生自体を芸術だと考えていた。『仮面の告白』にはこういう記述もあります」

――私のように、少年期のおわりごろから、人生というものは舞台だという意識にとらわれつづけた人間が数多くいるとは思われない。

「九五ページです」

「とらわれつづけた、ですか」

「同じページにこういう一文もあります」

――演技をやり了せれば幕が閉まるものだと信じていた。

「それで三島は自分の人生に自ら幕を……」

「一年前に三島が川端に送った手紙にも、すでに死を覚悟していたことが窺える一文がある」

「一年前というと……」

「昭和四十四年八月四日の手紙だ」

――小生が怖れるのは死ではなくて、死後の家族の名誉です。

「戯言だ」

曽根原は抵抗する。

「三島の決起行動は純粋に革命を成し遂げようとして」

「先ほども言いましたが三島にクーデターを成功させる気なんてなかったですよ」

「なぜそんなことが言える」

「三島は自決の用意をしていました。割腹と介錯の段取りを決めていたんですから」

曽根原の目が見開いた。

「クーデターを本気で成功させるつもりなら自決の用意などしませんよ」

「言われてみればたしかにそうですね」

しかし……。

（成功する場合と失敗する場合。その二つの可能性を考慮していたのではないか？）

そうも思ったが曽根原は反論しなかった。二つの可能性を考えていた時点で本気ではなかった事になると思ったからだ。

「三島はその自決を『金閣寺』執筆当時から計画していたって言うんですか？」

「そうだ。でも最終決断を促したのは川端康成のノーベル賞受賞だったのかもしれない」

「え？」

「二人はノーベル賞のライバル関係にありました」

「それは五十年後に公開されたのであって当時は知らなかったんですよね」

「でも二人には感じ取れていたんじゃないだろうか。今でも毎年、村上春樹……最近は多和田葉子も取り沙汰されている」

「そうか」

「ちなみに文芸評論家の高澤秀次の解釈によれば村上春樹の『羊をめぐる冒険』は三島の『夏子の冒険』の書き換えらしいね」

「そうなんだ」

「それはともかく……。川端が三島に〝ノーベル賞を辞退するように〟嘆願したという話をテレビで観たことがあるよ」

「それって……」

ミサキが記憶を掘り起こすように視線を泳がせた。

「NHKの番組ですよね」

「そうだったかな」

「あたしも観ました。三島が手がけた舞台で何回も主役を務めた女優の村松英子さんの証言です。三島が川端の家に呼ばれて〝君はまだ若いから今回は譲ってくれないか〟って頼まれたって」

「うん。そういう内容だった」

「それで三島は〝自分にはノーベル賞の目がなくなった〟って覚悟をしたのかしら」

「そして実際に川端が受賞した」

「三島はノーベル賞の目がなくなったから、かねてよりの計画だったクーデターと自決をするつもりになったのかしら?」

「事の始まりは川端康成の『雪国』にあるのかもしれないな」

「ええ?」

ミサキが頓狂な声をあげる。

「どういう事かね?」

「『雪国』のラストは火事によって登場人物が死ぬシーンで締められています」

「金閣寺の放火と似てますね」

「だが『雪国』が発表されたのは一九三七年だ。金閣寺の放火はそのずっと後だよ」

「たしかに金閣寺の放火は一九五〇年ですね。でも『雪国』の火事の場面が強く心に残っていた三島にとって金閣寺の事件は一層、衝撃的だったのではないでしょうか?」

「『雪国』の火事の場面が強く印象に残っていた……。川端と三島は師弟関係にあったんですよね」

「そうだ。二人は膨大な量の手紙の遣りとりをしている。まだ三島が文壇中央にデビューする前からね」

「デビュー前から？」

「ああ。三島は学習院高等科を首席で卒業した十九歳の時に処女短編集『花ざかりの森』を七丈書院から出版しているけど、その短編集を川端に送ったんだ。七丈書院は後に筑摩書房に統合されるけど当時は小さな出版社で〝文壇デビュー〟と言える段階ではなかった」

「三島と川端は面識はあったのかしら？」

「面識はなかった」

「面識もない相手に自分の本を送ったんですか。ただ相手が高名な作家だっていうだけで」

「高名な作家というより尊敬する作家だから送ったんだろうね」

「あ、そうか」

「三島は面識のあった〈文藝〉の編集者に常々〝川端康成に紹介してもらいたい〟とは頼んでいたんだ。そのこともあってその編集者を通じて『花ざかりの森』を川端に献本したという経緯がある」

「そうだったんですね」

「その献本のお礼の手紙を川端は丁寧にも三島に送ったんだ。昭和二十年三月八日の日付の手紙が残っている。因みに、この二日後に東京大空襲が起きている」

「まあ」

「川端からお礼の手紙をもらった三島は三月十六日に返事を出している。こうして二人の手紙の遣りとりが始まった」

「東京大空襲を挟んだ遣りとりが発端だったんですね」

「そうなるね」

宮田は鶏鍋をつつきながら話を続ける。

「三島は川端の他に佐藤春夫にも関心を持っていたから最初は佐藤春夫につこうと思っていたらしい。だけど佐藤春夫は門弟三千人という大所帯だからね。三島は自分には合わないと思ったのか川端に絞ったんだ」

「よくご存じですね」

「ロシア文学者、川端香男里さんの言葉だ」

「彼は川端康成のお嬢さんのご主人だな」

曽根原が注釈を入れる。

「そういう経緯もあって三島と川端は親密な関係を築いてゆく。三島の中央デビューも川端の推薦でのことだった」

「三島が二十一歳で文芸誌に発表した短編『煙草』だな」

「はい。その後も川端は第一回新潮社文学賞に三島の『潮騒』を推薦するなど親密度は増してゆきます」

「でもノーベル賞レースでは弟子筋だった三島が川端を凌駕(りょうが)する勢いを得ていた……」

「三島もその気だっただろう。でも実際には川端が受賞した」

「三島の気持ちは冷めたのかしら」

「手紙からもそれが読みとれる。あれほど頻繁に遣りとりしていた川端との往復書簡だけど川端のノーベル賞受賞後は三島からの手紙は二通だけだ」

「あからさまですね」

曽根原はグラスを見つめている。

「それで自決を決行……」

「死んで作品を完成させる。その決断を下すまでに『金閣寺』発表から十四年がかかったんだ」

常に死を意識していた三島。

「川端への最後の手紙に三島はこう記している。《空間的事物には、ほとんど何の興味もなくなりました》と」

「どういう意味かしら?」

「現実には興味がない。ただ芸術にだけ興味があるという事だろう」

「『金閣寺』の本当の完成に興味があったって事ですね」

宮田は頷いた。

「もしかしたら三島が遺した《私は詩そのものなのかもしれない》という言葉は〝私は死そのものなのかもしれません〟という意味も含んでいたのかもしれない」

「それが全身芸術家の三島の本性……」

「死に際して三島は辞世の句も用意していました」

――散るをいとふ世にも人にもさきがけて散るこそ花と吹く小夜嵐（さよあらし）

「そうでした」

「三島にとっては、あの自決まで含めて芸術作品だったんです」

そう言うと宮田はカシスシャーベットを注文した。

《主な参考文献》

＊本書の内容を予見させる恐れがありますので本文読了後にご確認ください。

『川端康成伝　双面の人』小谷野敦（中央公論新社）
『雪国』川端康成（新潮文庫）
『掌の小説』川端康成（新潮文庫）
『伊豆の踊子／骨拾い』川端康成（講談社文芸文庫）
『蒲団・重右衛門の最後』田山花袋（新潮文庫）
『田舎教師』田山花袋（新潮文庫）
『近代の小説』田山花袋（角川文庫）
『檸檬』梶井基次郎（新潮文庫）
『三島由紀夫　ふたつの謎』大澤真幸（集英社新書）
『金閣寺』三島由紀夫（新潮文庫）

『仮面の告白』三島由紀夫（新潮文庫）
『花ざかりの森・憂国』三島由紀夫（新潮文庫）
『夜会服』三島由紀夫（集英社文庫）

＊その他の書籍、および新聞、雑誌、インターネット上の記事など多数参考にさせていただきました。執筆されたかたがたにお礼申しあげます。ありがとうございました。

＊この作品は架空の物語です。

検印
廃止

著者紹介　1998年、『邪馬台国はどこですか？』でデビュー。『新・世界の七不思議』『新・日本の七不思議』『崇徳院を追いかけて』『ヒミコの夏』『とんち探偵一休さん 金閣寺に密室』『九つの殺人メルヘン』など著書多数。

金閣寺は燃えているか？
文豪たちの怪しい宴

2021年11月12日　初版

著　者　鯨（くじら）　統（とう）一（いち）郎（ろう）

発行所　（株）東京創元社
代表者　渋谷健太郎

162-0814/東京都新宿区新小川町1-5
電　話　03･3268･8231-営業部
　　　　03･3268･8204-編集部
URL　http://www.tsogen.co.jp
モリモト印刷・本間製本

乱丁・落丁本は、ご面倒ですが小社までご送付ください。送料小社負担にてお取替えいたします。

ISBN978-4-488-42206-6　C0193